KB017810

강영뫼의 창(窓)

남북한 사이의 강화와 학살

역사의 길 09

강영뫼의 창 窓

남북한 사이의 강화와 학살

한성훈

글누림

일러두기

1. 본문의 XX 표시는 1차 자료에서 알아볼 수 없는 글씨입니다.
2. 논문과 문건, 자료는 「 」, 책과 신문은 『 』, 기사와 그 외 인용은 “ ”으로 표시합니다.
3. 순의비 제막식과 위령 행사, 서류철에서 인용한 사진은 이희석 선생님이 제공한 것입니다. 북한 노획문서는 국립중앙도서관이 미국 국립문서기록관리청으로부터 들여온 것을 사용하였고, 출처가 필요한 다른 사진은 미주에 따로 밝혀두었습니다.
4. 진실화해를위한과거사정리위원회는 약칭 진실화해위원회로 하였습니다.

여는 글

지금 여기에서

숨겨진 자료를 소개하는 것으로 책을 시작하자. 문헌은 세월 속에 숨어 있다 나타났다. 한 줄로 요약하면, 여러분이 보게 될 자료는 6.25전쟁 때 강화군 강영뫼에서 발생한 집단 학살을 추념하기 위해 비를 세우고 위령제를 지내는 행사에 관한 기록이다. 손으로 일일이 편철한 문서는 일제 강점기에 황해도청에 근무한 이병년(李秉秊) 옹이 1966년부터 1977년경까지 제막식과 위령 행사를 거행하면서 모은 문건이다.

1966년 간곡노인회장을 맡고 있던 그는 '강영뫼 73순의자 위령 행사 추진위원 대표'로서 이 사업을 기획하고 추진했다. 자료는 그의 손자 이희석(李喜錫) 선생이 인천문화재단 인천문화유산센터에 제공하면서 여기까지 이르렀다. 서류철로 묶인 자료는 1966년 병오이강(丙午以降)『강영뫼 순의자 칠십삼인(七十三人) 위령행사 추진 관계서류철』, 간곡노인회(艮谷老人會)명의로 되어 있다.

이 서류철은 제수용품과 조위금 기부자 명단과 금액, 위령 제사문/제문, 산신제축(문), 초청 말씀, 초청장 발송 대상, 유가족 현황,

순의 비문(초안), 추도사, 전보문, 영수증, 청구서, 참배자 명단, 신문 기사, 애국지사 도륙기, 73인의 위령 행사 추진 경과, 개인 이력서, 위령 비문, 도면 등으로 이루어져 있다.

이병년은 왜 이 자료를 깨알같이 묶어 남겼을까. 전쟁의 참상 때문일까. 전쟁은 사람의 마음을 빼앗는다. 전장에서 벌어지는 숱한 일들은 보통의 상상을 넘어선다. 인간성을 장담할 수 없는 것이 전쟁이라는 암흑의 세계다. '설마 나는 아니겠지', 이렇게 자신의 마음을 선한 의도와 행동으로 연결지어 생각할 수 있다. 전장에서 인간이 벌인 일들은 정도의 차이만 있을 뿐, 파괴되는 존엄성 앞에서 누구도 예외가 될 수 없음을 보여주었다.

나와 너는 죽음이 다가오는 극한 상황을 어떻게 마주할 수 있을까, 책은 이 질문을 던진다. 사람을 가장 손쉽게 죽일 수 있는 때가 전쟁이다. 그렇다고 모든 사람이 그러는 것은 아니다. 무기를 들고 상대방을 죽이지 못하는 사람이 있는가 하면, 적이 아닌데도 자신의 무력으로 상대방을 제압하려는 사람도 허다하다. 무기만 있으면 적이나 민간인이나 아무렇지 않게 죽일 수 있다. 마음에서 미움으로 가득 찬 상대를 적으로 둔갑시켜 죽이는 것은 전시에 어렵지 않게 벌어지는 폭력이다.

이념을 달성하려는 사람도 흔하다. 이 땅에서 다른 사상을 가진 사람은 곧 서로의 적이 된다. 좌익과 우익, 공산주의와 반공산주의를 가르는 선에 대해 후대 사람들은 체험하지 못한 것을 함부로 말하는 건지 모른다. 이 다음에 누군가 자신의 이름 앞에 좌익 또는 우익이라는 수사로 한 평생을 단정하는 일은 아마 그가 살았던 시대를 슬프게 할 것이다. 하나의 기준으로 일생을 가늠할 수 없을테니까. 경계는 조금씩 중첩되어 있고 가치관은 변하기 나름이다.

전쟁은 멈추었고 끝나지는 않았다. 비는 남았고 위령 행사는 끊겼다. 이 책은 1장에서 비를 세우게 된 배경과 지원에 나선 심도직물공업(주) 김재소 사장의 역할, 지역 정치에 휘말린 위령 행사, 우여곡절 끝에 완공을 보게 된 제막식과 위령제를 소개한다. 제2장은 인민군이 점령한 강화도의 뒤바뀐 세상을 조명하고 후퇴와 피난길에 오른 사람들의 모습을 묘사한다. 점령지역에서 행정조직을 설치한 노동당이 통치를 시작하고 인민위원회와 내무서는 '반동분자' 처리에 나선다.

제3장은 시간의 뒤안길에 묻힌 강영뫼 사건을 재구성하는 것으로 시작해 하나의 사건이 어떻게 반공주의 담론으로 포장되는지 쫓아간다. 눈여겨볼 대목은 전세가 뒤바뀌어 북한이 남한 점령지역에서 후퇴하면서 벌이는 학살의 명령을 되짚어보고, 첩보활동의 주무대가 되는 강화도와 교동도의 끝자락에 선 사람들을 소환한다.

끝으로 사건이 지역공동체에 남긴 상처를 보듬는다. 전쟁이 남한과 북한에 남아 있는 흔적이라고 해야 할 것이다. 죽고 죽이는 광경이 사회와 인간에게 미치는 영향이라고 에둘러 말해도 상관없다. 망자는 그렇게 잊혀졌다 부활하고 세계가 바뀔 때마다 새로운 의미로 다가온다. 여기에는 어떤 고상함이나 추함이 있을 수 없다.

차례

사람들을 위로하는 순의비(殉義碑)가 있다. 세월이 한참 지난 비석이다.
이 비를 세우기까지 무슨 일이 있었을까. 이병년이 비를 세우게 된 배경은 무엇이었을까.
순의비 지원에 나선 심도직물공업(주) 김재소 사장의 역할과 지역 정치에 휘말린
73인의 위령 행사, 우여곡절 끝에 완공을 보게 된 제막식과 위령재를 보자.

1장

강영뫼

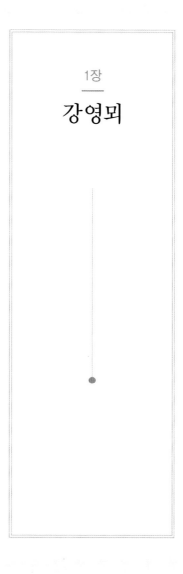

1. 순의비

사람들을 위로하는 순의비(殉義碑)가 있다.[1] 세월이 한참 지난 비석이다. 이 비를 세우기까지 무슨 일이 있었을까. 간곡노인회 이병년(李秉秊) 회장은 순의비 건립과정을 「강영뫼 순의자 칠십삼인(七十三人)의 위령비 건립 그날까지」라는 장문의 글로 남긴다.[2] 한 사람의 의지가 사건을 기록으로 만들었다.

또 하나의 기록은 6.25전쟁 때 강화도의 강영뫼라는 골짜기에서 발생한 학살을 추념하는 행사와 순의비를 건립하는 과정을 1966년부터 1977년경까지 담은 자료이다. 문건의 제목은 이렇다. 『강영뫼 순의자 칠십삼인(七十三人) 위령행사 추진 관계서류철』이다. 작성된 내용으로 볼 때, 1954년경부터 비를 염두에 둔 이병년은 1966년에 이르러 그동안의 경과와 자료를 모아 서류철로 만든다.

일이 순탄하게 진행된 것은 아니다. 「강영뫼 순의자 칠십삼인(七十三人)의 위령비 건립 그날까지」 문건을 보면, 1950년 전쟁 당시의 강화도 상황부터 휴전 이후 비를 건립하기 위해 있었던 많은 어려움이 고스란히 묻어있다. 식량난과 사회 혼란을 비롯해 정부 기관이 후퇴한 후 진공상태에 빠져든 강화의 모습, 좌우익이 소강상태가 되어 버린 민심을 묘사한다.

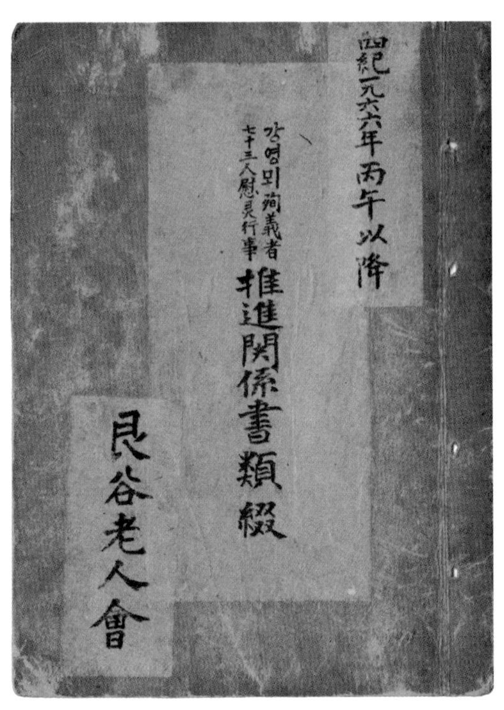

西紀一九六六年丙午以降
강영뫼殉義者 七十三人慰靈行事
推進關係書類綴
艮谷老人會

▲ 1966년부터 1977년까지 이병년이 순의비 건립 과정과 위령 행사 추진 경과에서 남긴 여러 가지 종류의 문서를 묶은 서류철이다.

이병년이 처음 이 사건에 관심을 기울인 것은 1955년 가을 무렵이다. 그는 강영뫼에서 73인이 집단으로 살해당한 진상을 조사한다. 의도는 명확했다. 문건에서 그대로 옮겨본다. "억울한 죽음을 당한 그들 원혼을 불러 위령"하고 "공산도배의 악랄한 만행을 청천백일하에 폭로시키어 대중에게 적개심을 새로 환기시키는 소인이 되는 동시에 민족 정의를 나타내고 반공사상"을 고취하기 위해서였다. 그의 활동은 선언으로 끝나지 않는다. 강영뫼 사건을 알리기 위해 직접 글을 쓴다.

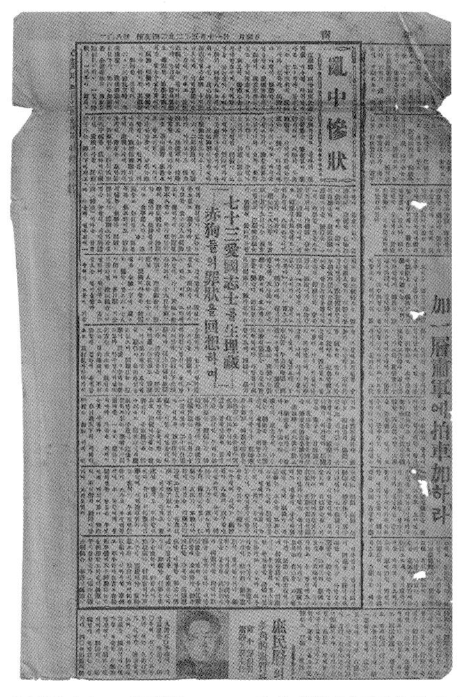

亂中慘狀

七十三愛國志士를生埋葬

赤狗들의罪狀을回想하며

▲ 1959년 5월 11일자 『청년시보』 난중참상(亂中慘狀) 란에 이병년이 직접 쓴 강영뫼 사건 내용이다.

기초 사실을 파악했으나 비를 건립하는 것은 순탄하지 않았다. 민간사업으로 추진하는 도중에 이를 단념하고 관(官)에 의존하여 소기의 목적을 달성하려고 역대 군수와 서장을 수 차례 방문해 간곡히 애원하기도 했다. 국회의원과 도의원을 방문하여 여러 차례 면담하였으나, 어느 의원이든지 비를 건립하는 데 찬성하였지만 그들이 하는 말과 같은 실천은 끝내 보이지 않았다.

10여 년이 지난 1963년 김광준 강화군수가 재임할 때다. 이병년은 6.25의 양상을 동란(動亂)으로 상세히 진술하면서, 73인의

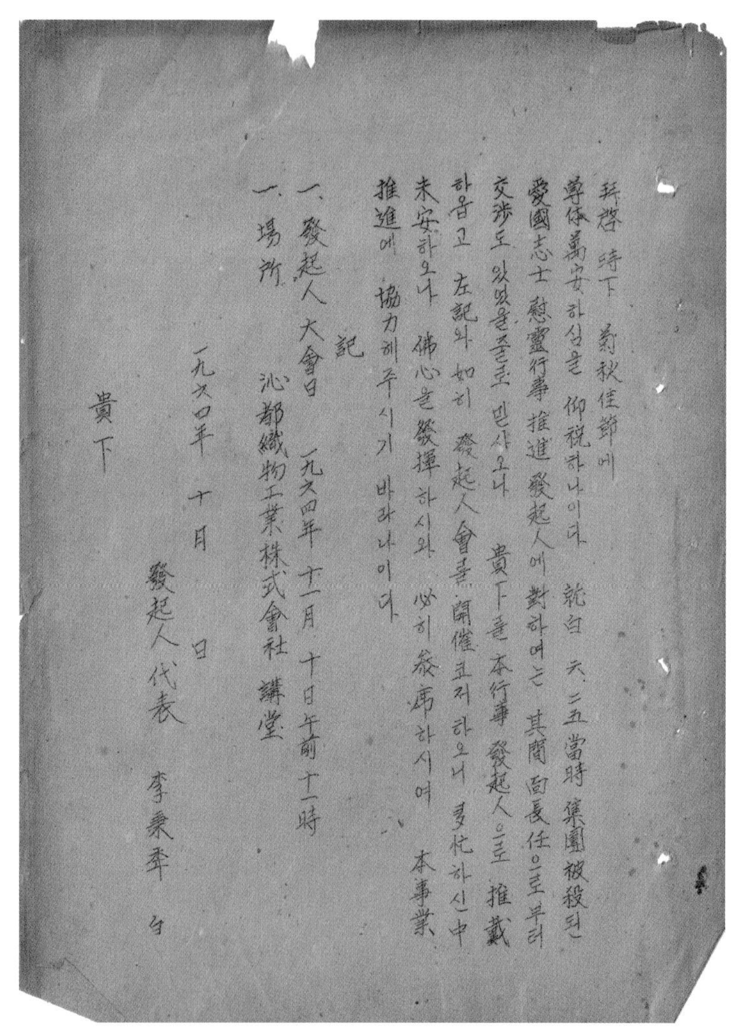

拜啓 時下 菊秋佳節에
尊体萬安하심을 仰祝하나이다. 就白 六.二五當時 集團被殺된
愛國志士 慰靈行事 推進 發起人에 對하여는 其間 面長任으로 부터
交涉도 있었을줄로 믿사오나 貴下를 本行事 發起人으로 推戴
하옵고 左記와 如히 發起人會를 開催코저 하오나 多忙하신中
未安하오나 佛心을 發揮하시와 必히 參席하시여 本事業
推進에 協力해주시기 바라나이다.

記

一、發起人 大會日 一九六四年 十一月 十日 午前 十一時
一、場所 沁都織物工業株式會社 講堂

一九六四年 十月 日

發起人代表 李秉年 白

貴下

▲ 발기인대회 안내장. 1964년 10월 이병년이 작성한 위령사업추진발기인대회 안내장이다. 그는 위령행사추진회 발기인들에게 참석과 협력을 간곡하게 요청하고 있다.

활동과 무참히 학살된 상황을 별도의 진상기에 써서 기록으로 남긴다. 군수를 만난 자리에서 그는 '여하한 형식으로든지 그들의 원혼을 위령하는 행사가 이루어지기를 소원한다'라며 진심으로 호소한다. 김광준 군수는 근소하나마 군 예산에 위령비 건립 사업을 진행할 수 있는 경비 일부를 계상하고, 모자라는 금액은 각 기관에서 충당해 보자고 회답했다.

이 무렵 강화군 각 기관장 사이에 사소한 감정으로 의견이 뒤틀렸다. 갑론을박을 거듭하는 중에 정치 아닌 정치가 한 몫끼게 되어 결국 군수와 경찰서장이 경질되는 사태까지 벌어지게 되었다. 이 사업의 추진을 두고 기관장 사이에 구체적으로 무슨 일이 벌어졌는지 알 수 없다. 군수와 경찰서장의 경질이 반드시 이 사업이 원인이었는지도 명확하지 않다.

'정치'가 개입되었다는 이병년의 기록으로 보면, 1963년경에 사망자 73인에 대한 객관적인 평가는 쉽지 않았을 것이다. 반공을 내세운 박정희 군사쿠데타 시절이긴 하지만 강화군 차원에서 이와 같은 사업을 민간이 주도하는 것은 또 다른 문제였을 것이다. 예산을 지원하는 부분에 있어서도 군내 기관 사이에 서로 다른 의견이었지 않았을까 추측해본다.

신임 군수가 온 이후, 이전의 관계와 그간의 사정을 상세히 설명해도 사업 추진은 쉽게 납득이 되지 않았다. 주위에서 이구동성으로, 되지 않을 일을 해서 심신을 고단하게 한다며, 단념하기를 권고하는 이가 한두 명이 아니다. 대부분이 중앙정부의 눈치를 보는 입장에서 강화군이 자체로 이병년 개인이 주도하는 사업을 선뜻 지원하기가 어려웠다. 반공정권의 시책에 부합하는 것이라 해도 쉽지 않았을 것이다.

이 와중에 이병년은 73인의 위령 행사를 개인 명의가 아닌 간곡노인회 사업으로 전환해 추진해 볼까, 하고 구상하기 시작한다. 1965년에 이병년을 회장으로 하는 간곡노인회를 조직했다. 공식적으로 노인회가 조직되어 강화지구에서 노인운동(老人運動)의 효시가 된 것이 이병년이 제창해 하점면 창후리에서 만든 간곡노인회이다.

우리나라 노인회 전체 조직으로 볼 때 전국 노인정의 회장이 중심이 되어 연합조직을 만든 것이 1969년임을 감안하면, 간곡노인회는 제법 일찍 만들어진 경우에 해당한다. 시대상을 반영해보면, 농촌 현실에서 노인회는 고장의 자랑거리이고 마을에서 위엄을 가진 조직으로서 청장년을 선도할 것을 표방하였다.

강화문화원에서 편찬한 『강화사』에 따르면, 이 노인운동이 점차 파급되어 1967년도에 강화읍 관청리에서 노인회가 조직되었다. 1969년 3월에 옛 삼신운수 회사에서 30여 명의 노인들이 모여 강화군내 면 단위의 노인회를 설립하였다. 이런 조직이 각 면으로 확대되어 마침내 1971년 5월 30일 대한노인회 강화군지부 창립총회가 열렸고 이병년이 군 단위 초대 회장을 맡았다. 그는 1979년 5월까지 회장직을 맡아 노인운동에 애썼다.[3]

일이 성사되는 듯했다. 이병년의 마음은 형언할 수 없을 정도로 좋았다. 군청 공보실의 협조와 지도에 따라 위령사업추진 발기인회를 조직하여 발기인을 선정하는 작업까지 일순간에 마쳤다. 1964년 11월 10일 오전 11시 심도직물공업(주) 강당에서 백여 명의 발기인들이 모여 총회를 개최한 후 사업을 대대적으로 추진해나갔다.

1965년 봄에 접어들어 강영뫼 사망자 73인의 위령 행사를 간곡노인회 사업으로 전환하여 추진해 볼 요량으로, 이것을 노인회 월례회에 부의하여 결의하기에 이르렀다. 간곡노인회를 이 사업을 추진하는 모체로 삼았는데, 별다른 잡음 없이 오직 목적을 달성하는데 열심이었다. 하지만 각종 사업을 추진하는 데에는 한계가 있었고 노인회 자체는 무능한 조직이었다. 이 대목에 이르면 이병년의 고민이 깊이 묻어난다. 결국 그는 사업체를 경영하는 지인에게 손을 벌리게 된다.

2. 심도직물공업(주) 김재소 사장

순의비를 건립하고 첫 위령제를 지내기까지 심도직물공업 주식회사의 김재소 사장이 나름대로 큰 역할을 한다. 1964년 9월 24일 이병년은 심도직물공업(주)을 방문한다.[4] 김재소는 평남 공업시험소(工業試驗所)에서 기수(技手)로 재직하다가 서선인직물회사(西鮮人織物會社) 공장장을 거쳐 1947년경 강화에 들어왔다. 이곳에서 심도직물공업(주)을 설립해 경영하였고 그와 이병년은 오래전부터 교류해오던 사이였다.[5]

김재소는 지역에서 누구나 다 아는 큰일을 하는 사업가이다. 그는 사업관계로 동분서주하여 강화에 머무는 시간이 적어 면담을 하는 것은 쉽지 않았다. 농촌 부락과 자매결연을 맺어 마을을 보호하고 육성하는가 하면, 우체국 청사를 신축해 관공서를 제공하고 우정 활동에 이바지했다. 심도직물공업은 강화뿐만 아니라 전국에서 손꼽히는 직물(織物) 제조회사였다. 강화에는 내로라하는 직물회사들이 가동 중이었고 많은 지역민들이 공장에 다니고 있었다.[6]

심도직물공업은 1947년부터 2005년까지 운영됐던 섬유회사로서 1959년 편찬한 『경기사전』에 따르면 정확한 소재지는 강화면 관청리 394이고, 종업원 수는 230명이었다. 1960년대 이후 강화군 국회의원인 김재소가 운영을 맡아 역직기 210대의 현대식 시설을 갖추고 1천200여 명의 종업원을 고용하는 대규모 업체로 발전하였다. 노동자가 하루 12시간씩 맞교대를 해야 했던 강화의 대표적인 직물공장이다. 이곳에서 생산한 견직물은 국내는 물론 외국으로 수출하였다. 강화지역 경제는 심도직물공업을 중심으로 동광직물과 이화직물 등 크고 작은 직물업체가 모여 움직이고 있었다.

1970년대 강화도는 우리나라 최고의 직물 생산지로 유명세를 떨쳤다. 한때 이곳에는 30여 개의 직물공장이 몰려 있었고 공장에서 일하는 수천 명의 노동자가 거주했다. 강화군 강화읍 관청리 용흥궁공원 인근에 심도직물공업의 옛날 공장이 있었다. 현재 이곳에는 30m가 넘었던 공장 굴뚝의 일부가 남아 관광객들의 시선을 끌고 있다. 심도직물공업 공장 부지에 용흥궁공원이 조성되자, 2008년 이 회사를 기억하는 강화도 주민들이 공장을 기념하는 표지석을 세워두었다. 안내판에는 1970년대 회사와 주변 거리, 각종 사진과 함께 공장에 대한 설명이 적혀 있다.

심도직물공업과 관련한 노동운동을 짚고 가자. 용흥궁공원에 남아 있는 '심도직물 굴뚝' 바로 옆에는 또 다른 조형물이 놓여있다. 강화도에서 일어난 '심도직물사건'을 기념하기 위해 천주교 인천교구에서 세운 기념물이다. '심도직물사건'은 한국 천주교가 노동문제에 관심을 갖고 해결하기 위해 적극적으로 개

입한 첫 사례인데 가톨릭 노동운동사에서 중요한 위치를 차지한다.[7]

1991년 간행된 천주교 『인천교구사』에는 이 사건이 '강화군 천주교신자 고용 거부사건'이라는 이름으로 기록되어 있다.[8] 1965년 9월 강화성당에 전미카엘(미카엘 브랜스필드, 1929~1989) 신부가 부임한다. 취임 2개월 후인 그해 11월 강화성당에는 심도직물공업에서 일하는 노동자들이 참여한 가톨릭 노동청년회가 조직되었다. 시간이 흘러 1967년 5월 14일, 가톨릭 노동청년회 회원들이 중심이 되어 심도직물공업에 노동자 300여 명이 참여하는 "섬유조합 강화 직할분회"라는 노동조합을 결성하였다.[9] 회사 측은 노조를 와해시키기 위해 지속적인 작업을 벌였고, 조합원을 탄압하면서 노사 간에 갈등이 계속되었다.

이듬해인 1968년 1월 4일, 심도직물공업 사측은 '무단결근'을 이유로 노동조합 분회장 박분양을 해고했다. 그는 회사 측이 내세운 인물이었는데도 분회장에 당선된 이후에는 오히려 조합원 편에서 그들의 권리를 위해 발 벗고 나섰다. 노동조합은 천주교 인천교구와 함께 해고 노동자의 복직 투쟁을 전개한다. 사태는 점점 커졌는데 강화도에 있는 21개 직물회사는 가톨릭 노동청년회 회원을 자신들의 회사에 고용하지 않을 것을 결의하기에 이르렀다.[10]

1968년 2월 9일 천주교 주교단은 '사회정의와 노동자의 권익을 옹호한다'라는 제목의 공동 성명을 내놓으며 노동자를 지지한다. 종교계가 성명을 내놓자 강화도의 노사갈등이 한국 천주교와 직물협회 사이의 갈등으로 확대되어 갔다. 심도직물공업이 소속된 강화직물업자협회는 가톨릭 노동청년회원을 고용하지 않을 것이라는 결의를 철회하였고, 심도직물공업 측이 해고자의 복직을 약속하며 노사갈등은 마무리되었다.

심도직물공업(주)에서 7년을 일한 임동윤(1930년생)의 증언

강화에는 동락천을 가운데 두고 직물공장이 많았다. 조양방직과 남화직물이 신문리에 있고, 관청리에 심도직물과 이화직물이 모여 있었다. 20대에 일본으로 건너간 김재소는 고학 중에 일본 직물계통에서 일한 것으로 알려진다. 일본서 공장 일을 배우고, 평양으로 가서 직물공장 검사원으로 있었는데, 1947년에 강화로 들어왔다. 고모부가 조양방직 공장장으로 있던 마진수씨였는데 그 이가 하던 것이 평화직물(현재의 소창체험관)이었다.

마진수씨는 해방 전에 이세현씨가 조양방직할 때 거기 공장장으로 지냈거든. 그래서 김재소가 강화에 고모부가 있으니까 고향으로 안가고 니쿠사쿠를 메고 강화로 왔다. 마진수씨가 주선해서 옛날 방앗간이 있던 자리에 기계 5대를 놓고 직물을 짜기 시작했다. 6.25때 피난 갔다가 다시 들어와서 직물을 짜는데 잘 벌었다. 다 헐벗고 할 때니까. 그래서 돈 버는 대로 주변 터를 사서 4,000평 정도 됐지. 지금 성공회 밑의 용흥궁 자리가 심도직물이 있던 곳이다.

그때는 선경직물보다 심도직물이 훨씬 좋았지. 최종근이 직원들을 데리고 심도직물 구경도 오고했다. 심도직물은 비단을 많이 짜는데 선경직물은 백판, 평직을 많이 짜. 한국에서 실을 못 만들 때, 이승만이 일본과는 거래를 못하고 하니까, 실을 미국에서 수입해서 평직을 짰는데 로스가 많이 생겼어. 서울에 빌딩을 지을 때 로스모아 빌딩 지었다는 이야기도 나돌고 했다.

출처: 『경인일보』, 2015. 6. 18.
인터넷 강화뉴스 http://www.ganghwanews.com, 2019. 5. 16.

이병년은 이 사업에 대해 여러 사람들에게 자문해 보기를 한두 번이 아니었다. 1964년 말경에 종전의 추진 방법을 변경하여 추진위원을 구성하기로 한다. 구성 인원은 대표 이병년, 김재소, 남궁한, 곽희준, 송의근, 임연식, 동아일보 지국장 장두영이다. 추진위원회에 의해 추천한 사람들로 발기인을 선정하고 발기인회를 개최하려고 하였지만 공무원은 "공무다망"하고, 민간인은 "가사다단"하여 출석률이 불량할 뿐만 아니라 자칫하면 여론에 희롱당할 경향도 있어 7~8인에 불과한 추진위원회도 힘을 잃은 상태였다.

간곡노인회는 위령 사업을 추진하는데 더욱 적극적으로 협조하기 위하여 협찬회를 조직한다. 협찬회원은 구역 내의 남녀로 조직하였는데, 협찬회는 간곡노인회의 지시에 따라 일치단

강영메위령사업추진 협찬회 규약

第1條 애국지사 위령사업 은 15명 영혼 을 모시여 봉안하는 신비스런 사업에 정신적으로 숭배하는 관념 을 가져야 한다.

第2條 본회는 애국지사 위령사업 추진 을 적극 협조 한다.

第3條 본회는 部落 애국지사 위령사업 추진 협찬 회라 한다.

第4條 본회는 애국지사 위령 사업추진 에 적극 가담하여 노력 혹은 금품이 필요 할 때에는 가능한 한도내 에서 부담 한다

第5條 위령행사 를 위하야 타처에서 오는 유가족이나 내빈이 있을때 에는 ~~상의한다~~ 친절이 안내하며 상담 에응한다

第6條 위령사업 추진에 대하여 의견이 있을 때에는 서슴치 말고 노인회에 상의한다

第7條 위령사업 추진에 관하야 노인회의 지시가 있을 때에는 실행토록 한다

第8條 본회에 회장 부회장 을 둔다.
회장 부회장 은 회원이 추천한다.

第9條 본회 는 위령사업이 끝나면 영광스러이 해산 한다.

▲ 간곡노인회에서 만든 '강영메위령사업추진 협찬회 규약'이다.

결하여 활동하기로 했다. 협찬회 규약 중에서 마지막 "위령사업이 끝나면 영광스러이 해산한다"라는 조문이 눈에 띈다.

이런저런 사연을 뒤로 하고 김재소를 이병년이 직접 찾아가 담판을 짓는다. 그동안 이 사업에 대한 이해는 조금씩 하고 있었으니 '칠십삼인의 위령 행사에 대해서라고 화제를 꺼내자' 김재소는 즉석에서 그 취지를 납득한다. '여하한 식으로 하실 계획이냐'고 김재소가 묻는 친절한 질문에 이병년은 감동받는다. 이 사업을 실현하는데 격의 없는 협의를 두 사람이 거듭한 결과 다음 세 가지 사항을 합의하였다. 양측의 합의 문구를 오늘날 어휘로 조금 고쳐보면 이렇다.

1. 위령탑으로 하여 그 위세가 적지 연백군까지 반영케 할 것
2. 건축공사는 심도직물공업회사에서 지원할 것
3. 경비는 사업의 성질상 본 건의 취지를 선전하여 강화군민의 절의로 성취하는 의미에서 금액의 다과에 불구하고 모금으로 충당하고 부족액은 김재소 사장이 부담할 것

간곡노인회는 김재소 사장과 합의한 결과에 따라 호소문을 작성하여 비석 건립에 동조하는 사람들을 찾아 나선다. 김재소 사장은 연내에 위령비를 준공하도록 주창하였고 1964년 10월 중순경 회사에서 기술 직원을 대동하고 현지답사를 실행하였

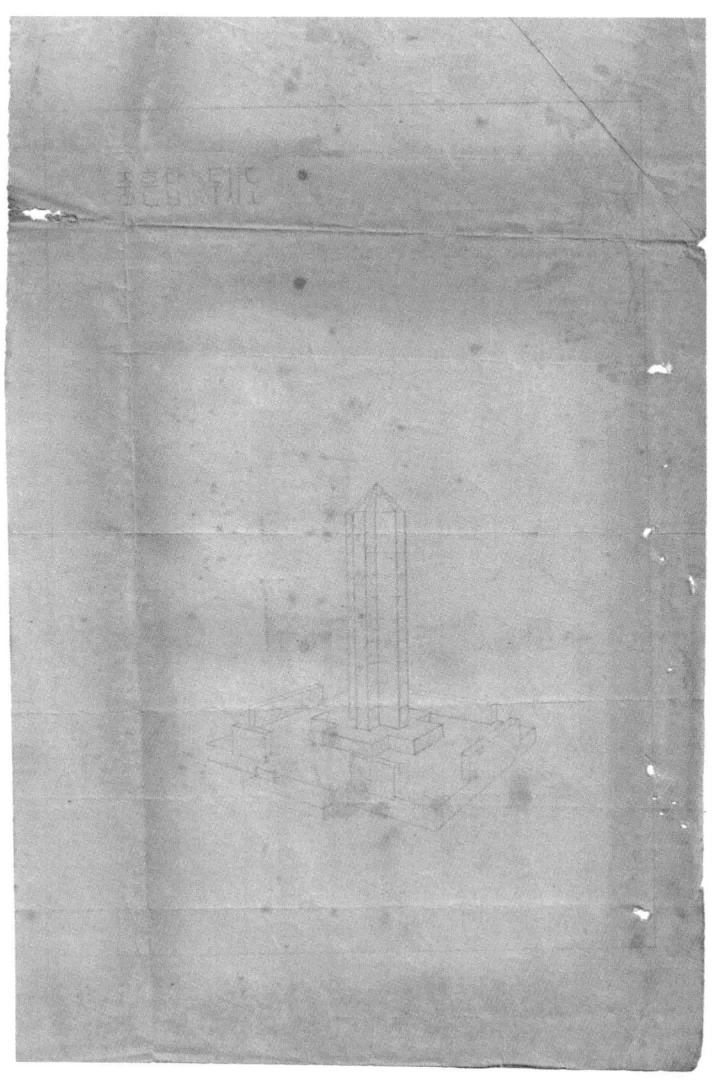

▲ 충혼탑 투시도. 이병년과 간곡노인회가 처음 구상한 충혼탑의 설계도의 일부다. 투시도 외에 정면도와 측면도가 있는데 서류철에 묶여 있는 동안 색이 변했다.

다. 답사 결과 현장까지 차도가 충분히 닦여 있지 않아 자재 운반이 불가능하여 도로를 확장하는 공사를 먼저 하였다.

위령 행사는 비를 기념탑 형태로 건립하는 것으로 시작했다. 담당 기술자의 의견에 따라 피살장소에 건립하는 것으로 예정하고 여러 가지 주변 환경을 살펴보았다. 그 지역 일대가 토사질로 된 계곡이라 공사가 불가능할 뿐 아니라, 비를 세우는 장소가 산속 계곡에 위치해 있어 사람들 눈에 잘 띄지 않고 해상에서도 거의 보이지 않았다. 기념탑을 건립하는 위치로서는 적당하지 않았던 셈이다. 이 의견을 참작하여 원래 염두에 두었던 예정지를 일단 보류하고 다른 장소를 물색하던 중 계절은 벌써 겨울로 접어들어 공사는 부득이하게 이듬해 봄으로 연기할 수밖에 없었다.

간곡노인회는 부지를 선정하는데 노력을 기울인다. 몇 군데 터를 알아본 결과 사건이 발생한 현장에서 남쪽 방향으로 1*km* 정도 떨어진 곳에 위치를 택하였다. 이곳은 차량 종착지였고 교동도로 향하는 선장에서 조금 떨어진 언덕의 고지였다. 어항을 안전에 두고 강화해협을 왕래하는 읍을 굽어보며 적지인 연백을 바라보는 지대에 탑을 세우기로 한다. 기념탑을 세우는 위치로서는 다른 곳에 비해 손색이 없을 만한 적지였다.

3. 지역 정치에 휘말린 73인

1965년 봄이 찾아왔다. 공사를 착공하기 위해 독촉하는 의미로 이병년은 심도직물공업을 다시 방문한다. 김재소 사장은 부재하여 만나지 못한 채 이○○ 전무에게 사업 진행에 대해 문의하였다. 전무의 답변은 이병년을 실망시키기에 충분했다. '자기로서는 아는 바 없다'라는 취지로 말을 꺼내며 흥미 있는 대화가 이루어지지 않았다. 이 같은 방문을 되풀이하기 대여섯 차례, 벌써 여름이 훌쩍 지나갔다.

회사 측의 무성의한 태도는 작년에 김재소 사장이 약속한 것과 상당히 다른 것이었다. 기념탑 건립을 회피하기 위한 술책이 아닌가, 싶을 정도로 엉뚱한 생각마저 들었다. 호언장담하던 김재소 사장에게 이런 변화가 생기게 된 동기가 있는지 궁금하기 짝이 없었다. 이병년이 그 이유라도 알고 싶어 회사를 찾으면, 사장을 만나는 것은 불가능하고 대변인은 회사가 불경기라는 말로 그때마다 호도하곤 한다. 김재소 사장의 태도가 애매모호하게 바뀐 것은 앞서 살펴본 지역사회 내의 갈등이 이유였을 것이다.

계절이 두 번 바뀌어 초조감이 더해갈 무렵, 겨울 어느 날 이병년은 우연히 친한 친구를 만났다. 말을 나누는 중에 '김재소 사장의 후원으로 추진하고 있는 강영뫼 순의자 위령 행사는 성취'가 불가능할 것이라는 얘기를 들었다. 그 이유는 강화군 내 모 기관장이 절대 반대하기 때문이란다. 일전에도 이 기관장은 모 집회 석상에서 공공연히 이 사업을 반대하는 언사를 사용해 자기 의사를 드러낸 적이 있었다. 이병년의 지인은 이 사업을 더 이상 추진하지 말고 단념하기를 권하였다.

모 기관장이 기념탑 건립을 반대하는 이유가 드러났다. 첫째, 기관장과 김재소 사장 사이가 그리 좋은 편이 아니라는 점이다. 김재소 사장이 이 사업을 적극 후원하면서 중심이 되어 위령 행사를 착수하는데 기관장이 시기하여 반대하는 것이었다. 실제로 몇 년 전에 이 사업은 '민심을 선도하는 주관 기관' 곧 관(官)에서 추진하는 것이 적당해 군청에서 일 년 이상 추진하다가 주무자가 교체되어 흐지부지된 적이 있었다. 모 기관장은 자기가 당연히 주도해야 할 사업을 하지 않으면서 김재소를 중심으로 민간에서 추진하는 것에 반대하고 나선 것이다.

둘째, 더욱 중요하게, 위령하고자 하는 사망자에 대한 시비였다. 간곡노인회와 김재소가 추진하고 있는 '강영뫼 순의자 칠십삼인'에 더해 특공대에서 활약한 전사자를 포함할 것을 기관장이 주장한 것이다. 그렇지 않으면 이 사업을 '절대 반대'한다는 게 기관장의 입장이었다. 1951년 1.4후퇴 당시 강화에서 미처 피난하지 못한 청장년들이 진퇴유곡의 장면에 부닥쳐 상호

규합하여 특공대를 조직하였다. 특공대는 경찰이 후퇴할 때 창고에 남겨둔 무기를 갖고 향토를 사수하기 위해 진용을 갖추고 북한의 침입에 맞선 일시적인 조직체인데, 인민군과 수차례에 걸친 전투 끝에 수십 명의 전사자가 발생했다. 이들을 함께 위령하자고 주장한 것이다.

이병년의 해답은 이렇다. 향토방위특공대의 행동은 비민주주의적인 행패가 허다하여 민원이 비등하였으며, 경기도 경찰국은 무장 경관을 파견하여 이들을 간신이 진압하는 형편이었다. 특공대원으로 참가해 전사한 사람들에 대해서는 군과 경찰이 수복한 후 그들의 충렬을 가상히 여겨 기념비를 당시 한일은행 지점이 들어선 곳에 엄연히 건립해 둔 상태였다. 이런 상황인데 강영뫼에서 사망한 73인과 위령 행사를 합동으로 하자는 주장은 합리적이지 않았다.

이병년이 언급하는 특공대는 강화향토방위특공대를 말한다. 그의 지적대로 이들의 비민주적인 행태는 1951년에 크게 문제가 되었다. 1951년 8월 30일 법무부장관은 「검찰사무보고에 관한 건」을 국무총리에게 보고하였다. 주요 내용은 "피고인 김병식 등은 해병특공대에 재임 중 금년 1월 상순경부터 약 1개월간에 걸쳐 각 파견대에 지시하여 부역자 및 전 가족을 처단케 하고, 그 결과 강화도 교동도의 도민 212명을 부역자라고 하여 총살하였음. 해병특공대는 사설 단체입니다"라는 요지였다.[11] 해병특공대는 군부대 조직이 아니라 민간인이 만든 조직이었지만 유격부대로 편입된 부대였다.

정부에서 보고한 이 사건은 미군에게도 알려졌다. 강화 지역에서 일어난 민간인 살인에 대한 재판이 열릴 것이라는 「JOINT WEEKA 주간합동분석보고서2」가 1951년 8월 21일 주한미군과 미극동군사령부, 워싱턴사령부에 보고되었다.[12] 전시였지만 언론 역시 큰 관심을 갖고 이 사건을 보도하였다.

『동아일보』와 『조선일보』는 '강화특공대 사건 인천지청에 이송-학살자들은 사설 단체가 아닌 미군 소속 유격대 을지타이거여단(을지병단)'이라는 제목 하에 "223명의 부역자와 가족을 학살한 강화도 을지병단 사건이 대구육군본부 법무감실과 대구지방검찰청에서 조사가 이루어지다가 지난해 12월 15일 김병식 외 7명이 인천검찰지청으로 이송되었다"라고 기사를 타전했다.[13]

1951년 7월 5일 대구지방검찰청은 강화향토방위특공대 대장 최중석(崔重錫) 외 5명을 살인죄로 구속하고 다음날 김종옥 외 2명을 살인죄로 구속하여 조사하였다. 같은 달 25일 검찰은 김병식 외 6명을 대구지방법원에 살인죄로 기소하였으나 최중석 외 1명에 대해서는 기소 중지 처분하였다.

그해 12월 23일 나머지 피고인들은 대구지방법원에 기소되어 비상사태하의 범죄처벌에 관한 특별조치령 위반으로 재판을 받고 있던 강화특공대 하점지대장 이계용 사건과 함께 관할권이 서울지방법원 인천지원으로 이송되어 재판을 받았다.[14]

살인죄로 구속된 특공대장 최중석은 기소가 중지되었고 강화도에서 발생한 민간인 희생 사건은 교동면 사건 일부만 조사된 채 흐지부지되고 말았다.[15]

이병년은 이런 사실을 대강이라도 알고 있었기 때문에 73명의 사망자와 특공대원 전사자를 같이 위령하는 것에 강하게 반대했다. 그의 이런 내심과 답변에도 불구하고, 떠도는 말에는 위령 행사를 하려면 강영뫼에서 사망한 73명뿐만 아니라 '사망자 전부를 망라하라'는 주장이 나돌고 있었다. 분위기가 심상치 않게 흘러가자 김재소 사장이 사업을 추진하는데 적극적으로 나서지 못하는 형편이 되어버렸다. 정치적인 문제로 마치 큰 갈등을 일으킬 것 같은 공기였다. 간곡노인회는 '우리끼리 (의견을) 수렴하여 목비라도 세워야겠다'라고 하는 등, 물의가 분분히 일었다.

일은 지지부진하게 되어갔다. 어느덧 삼복(三伏)이 지나가고 가을을 맞은 1965년 9월 28일 심도직물공업을 방문한 이병년은 이○○ 전무를 만났다. 그는 기다렸다는 듯이 위령 행사 건을 언급하면서 최초에 위령탑으로 약정하였으나 탑을 비석으로 바꾸어 건립하는 것이 어떻겠냐고 제의해왔다.

간곡노인회에서 이 사실을 회의에 부치니 이구동성으로 비석을 찬성한다. '건탑공사'를 '건비공사'로 변경한 것이다. 비석은 김재소 사장 측에서 제공할 것이나 그 외 운반과 택지 조성, 건립, 위령제는 회사가 관계하지 않고 노인회에서 주도하기로 한다. 탑을 건립하기 위한 노력은 비를 세우는 것으로 일단락되었다. 이병년이 작성한 『강화공보』 1967년 5월 25일 기사에 따르면 김재소 사장은 삼십만 원에 해당하는 비석을 기증하는 방식으로 지원하였다.

어느덧 해는 바뀌어 1966년이 되었다. 이해 5월 회사와 약속한 바에 따라 간곡노인회원 7명이 심도직물공업 관계자와 함께 비석을 감정하기 위해 읍내에서 4*km* 떨어진 국화리 산중의 석재 소재지로 향해 해당 비를 감상한다. 비석은 각자(刻字)만 하지 않았을 뿐 거의 완성되어 있는 호품(好品)의 비명이다. 비를 건립하는 장소로 운반하는 일이 커다란 문제였다. 중량이 족히 십 톤이 넘는 무게인데 옮기는 것이 여간한 일이 아니었다.

마을의 동리 청장년들에게 대책을 호소해보자, 자기들이 할 만한 일이라며 비석을 옮기는데 적극적으로 나섰다. 용기는 가상하나 30여 리나 되는 먼 길에 인력으로 비를 옮기는 것은 도저히 불가능하다. 고민 끝에 간곡노인회는 면장과 지서장에게 부탁해 하점면 부근리에 주둔 중인 미군 부대를 방문하여 비석 건립에 대한 사정을 말하고, 운반해줄 것을 요청했다. 면장의 열렬한 주선으로 미군이 앞장서서 장비를 사용해 현장까지 비를 옮겨주었다. 위령비 건립에 교육구청 남궁 기사에게 설계를 의뢰하여 기초공사를 마치고, 비석을 세우는데 인부 40여 명이 동원되어 겨우 세울 수 있었다.

비석 문제가 해결된 때부터 행사에 좀 더 다가갔다. 호소문과 발기문을 널리 알려 모금을 추진하였으나 반응은 시원찮았다. 노인회원들이 제공한 금액은 2만 원 정도에 불과하다. 그도 그럴 것이 이 사업에 깊은 관심을 가지지 않은 군민들에게 위령행사를 솔선 집행할 기관장이 반대까지 하고 있으니 순탄하게 진행될 일이 아니었다. 그렇다고 해서 당면한 사건을 처리하지 않을 수도 없는 정세였다. 노인회원을 소집하고 상의한즉 일이 전개되는 과정을 볼 때 이 사건을 조속히 처리하는 것이 가장 중요하다고 의견을 모았다.

경비가 만만치 않게 소요되었다. 제반 준비가 착착 진행되어 가고 있는 도중 가장 어려운 문제가 필요한 예산이었다. 어느 개인의 부담으로 이 문제를 해결할 수 없어 '염치를 무릅쓰고' 군과 경찰서를 방문해 강화군 친목회에 이 사업을 제안해 토의하게 해달라고 요청했다. 수차례에 걸친 노력과 윤○○ 협동조합장의 소개로 친목회에 이 안을 상정시키고 그의 제안과 설명으로 만장일치로 가결되었으나, 모금한 금액은 예측한 것보다 훨씬 미치지 못했다.

간곡노인회는 각 면에 회원을 파견해 유가족을 위문하고, 위령사업 추진을 설명하면서 경비에 필요한 성금을 모집하였다. 이런 일에 경험이 없는 노인들이라 설명이 불충분하여 큰 성과를 이루지 못한다. 고민을 거듭한 이병년은 서울행을 취했다. 지인 류지영과 고려인삼흥업(주)전무 이○○과 유진국을 찾아 그동안의 사정을 밝혔으나, 기대와는 사뭇 달랐다. 제대로 된 지원을 받지 못한 것이다.

순의비 건립을 지원하려고 나선 단체 중에 장충단에 자리 잡은 한국반공연맹(현재 한국자유총연맹)이 있다. 이병년이 이곳을 방문해 서운하 간사의 안내로 지도부장과 홍보부장을 면담할 기회를 얻어 강영뫼 사건에 대한 내력을 설명하며 양해를 얻는 수확을 거두었다. 수 년 전에 이 사업을 추진하던 중 이병년은 한국반공연맹에 서류를 보내 지원을 요청한 적이 있었다. 한국반공연맹 이사장 박관수와 국민운동본부장 류달영에게 '강영뫼 애국지사 칠십삼명 도륙진상기'를 첨부해, 기념행사를 추진하고 있으니 지원해주기를 바라는 서한이었다.

한국반공연맹에서 이 건을 다시 설명하는 중에 서운하 간사가 특별한 사의를 표하면서 '노옹이 강화 이병년씨입니까, 몇 해 전 서한에 대하여는 이렇게 취급하고 있었다' 라고 하면서 서류철을 제시한다. 한국반공연맹 측에서 총 경비 중 오십만 원을 현금으로 보조하고 기념비 건립에 필요한 토목공사는 현지에 주둔하는 해병대가 부담하는 것을 골자로 하는 품의서였다.

미뤄진 연유는, 일을 진행하는 간부가 현지조사 후에 지원여부를 결정하자는 의견에 따라 실지조사를 기다리는 중 직제개정과 인사이동으로 미결이 된 상태라고, 간사가 그간의 내막을 설명해준다. 이 자리에서 한국반공연맹 측은 사업 지원이 지역의 관할 지부를 경유하게 되어 있으니 경기도지부와 상의하여 처리할 것을 안내해준다.

▲ 1966년 11월 2일 위령제가 열리기 한 달 전에 한국반공연맹 경기도지부장 김경일이 위령 행사에 관한 추진 경과를 알려달라고 이병년에게 요청한 공문이다.

얼마간 시간이 흐르고 이병년은 인천으로 경기도지부장 김경일을 만나러 방문한다. 지부장은 대찬성하면서 좀 더 일찍 이 사업을 알지 못한 것을 후회하며, 3~4일 후에 강화지부 결성식 날에 읍내에서 다시 논의할 것을 약속하고 1차 회의를 끝맺었다. 1966년 10월 31일 김경일 지부장을 모 식당에서 만나 대강의 지원에 합의하고, 그를 현장까지 안내해 실지 답사를 가졌다. 지부장이 귀임한 후 경비지원에 필요한 서류를 제출해 달라고 요청받았다.

서류철의 기록으로 보면 반공연맹의 지원이 실제로 이루어졌는지 그 여부는 알 수 없지만 1967년 5월 25일자 『강화공보』에 실은 기사에서 이병년은 한국반공연맹이 소요 경비의 일부를 지원한 사실을 밝혀놓았다.

이에 앞서 이병년은 이돈해(李暾海) 국회의원에게 이 사업에 대하여 국비 보조나 그와 별도로 지원을 주선해 달라고 여러 차례 요청한다.[16] 1966년 10월 24일 이돈해 의원은 공보부 장관을 주선해드리지 못했음을 사과하면서, 베트남에 출장 중인 홍종철(洪鍾哲) 공보부 장관이 귀임하면 곧 국고보조가 이루어지도록 주선할 거라고 연락한다. 강화군수에게 보조금 신청서를 공보부에 제출하라고 전해달라는 것이었다.[17] 얼마 뒤 공보부의 한 사무관이 위령비를 건립할 예정지를 답사하느라 다녀갔다. 이돈해 의원의 주선으로 이루어지는 보조금 교부에 필요한 실지 조사 명목이었다.

碑文(4)

本件碑名 殉義碑

本件碑文

누구인들 죽음을 원하랴마는 정의의 죽음은 빛이있고, 누구인
들 삶을 싫어하랴마는 구차한 삶은 보람이 없나니 이보람 없는
삶을 버리고, 빛나는 죽음을 택한 이가 과연 누구인가?
이자리에서 하루아침 이슬로 사라진 七여인이 바로 그사람들이다
슬프다 이네들이, 六二五 국난을 당하여 삶의 방편도 없
지 않았으련만 차라리 죽엄의 길을 택하여 수지를 굽히지 않았으니
가외살아서 양민이요 죽어서 의령이라 엇지 청사에 무명의 빛을
남기지 않았으리요 그대들이 이루지 못한 뜻은 우리 후인들이 달게
이어받을 터이오니 의령들은 부디 원한을 풀고 길이 명복을 누리
시라

▲ 순의비 비문. 현재 비에 새겨진 글자와 몇 군데를 제외하고는 가장 비슷한 비문이다. 이병년은 이 비문을 작성하기에 앞서 여러 차례 내용을 수정하였다.

이 사업에 국비 보조가 이루어졌는지 명확하지 않다. 이병년의 기록에 따르면 이돈해 의원이 주선한 공보부 장관 면담이나 보조금 지급에 관한 내용은 더 이상 언급되어 있지 않다. 다만 제막식과 위령제가 끝난 뒤에 강화군청에서 한국반공연맹과 이병년에게 보낸 공문에 따르면 '상부'에서 내려 보낸 보조금에 대해 협의하는 기록이 남아 있고 이 상부는 공보부임이 밝혀졌다. 정부는 순의비 제막식과 위령 행사가 끝난 뒤에 일부 금액을 지원한 셈이다.

이제 비에 사망자 명단을 새기고 그 취지를 조각하는 일이 남았다. 이병년이 조각가를 섭외하러 나섰다. 여러 사람들이 자

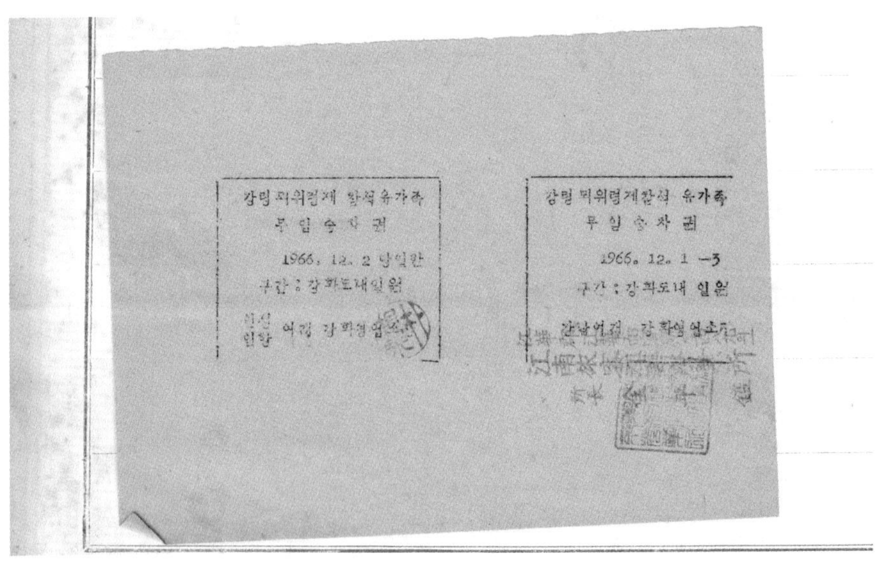

▲ 제막식과 위령 행사에 참석하는 유가족에게 배와 버스를 무료로 이용할 수 있게 한 무임승차권이다.

천타천 모여와서 자원하는데, 그중에 연장자 김○○을 선정한다. 다음은 비명과 비문이 중요해졌다. 한학자 이인성과 협의하여 비명을 '순의비'라고 명명하고 비석 전면에 큰 글씨로 석 자를 조각하였다. 비의 후면에는 비문을 조각하고 사망자 73인 중 무명씨 8인을 제외한 65인의 거주지와 성씨는 후면과 한쪽 측면에 조각한 후 또 다른 면에 간곡노인회원 명단을 새겼다. 비문은 망자를 이렇게 대우하고 있다.

이제는 군내 홍보가 중요했다. 강화군은 이 사업의 취지에 맞게 공보실에서 군민들에게 일주일 이상 행사를 알리고 많이 참석할 수 있도록 권고해왔다. 군에서는 각 버스회사와 교섭하여 유가족들에게 무임승차권을 분배하여 그들을 우대하는 동시에 위령제 행사에 참석할 것을 장려했다. 행사에 참석하는 주요 인사들 역시 중요했다.

간곡노인회는 그들에게 안내장을 보내기로 하고 그 대상을 강영뫼 사건의 유가족과 군내 각 기관장, 지역 유지 그리고 서울 등지의 관계인들을 추려 명단을 작성하였다. 여러 방면에서 작성한 명단을 집계해보니 대략 수 백여 명 정도 되었다. 군내에 거주하는 인사들에게는 등사물로 만든 행사 초청장을 우편으로 발송하고, 그 외 지역의 고위 인사에게는 일일이 친필로 사연을 기재한 서한을 발송하였다. 하점면 부면장이 군 공보실과 연락해 안내장 발송과 식장 준비에 많은 도움을 아끼지 않았다.

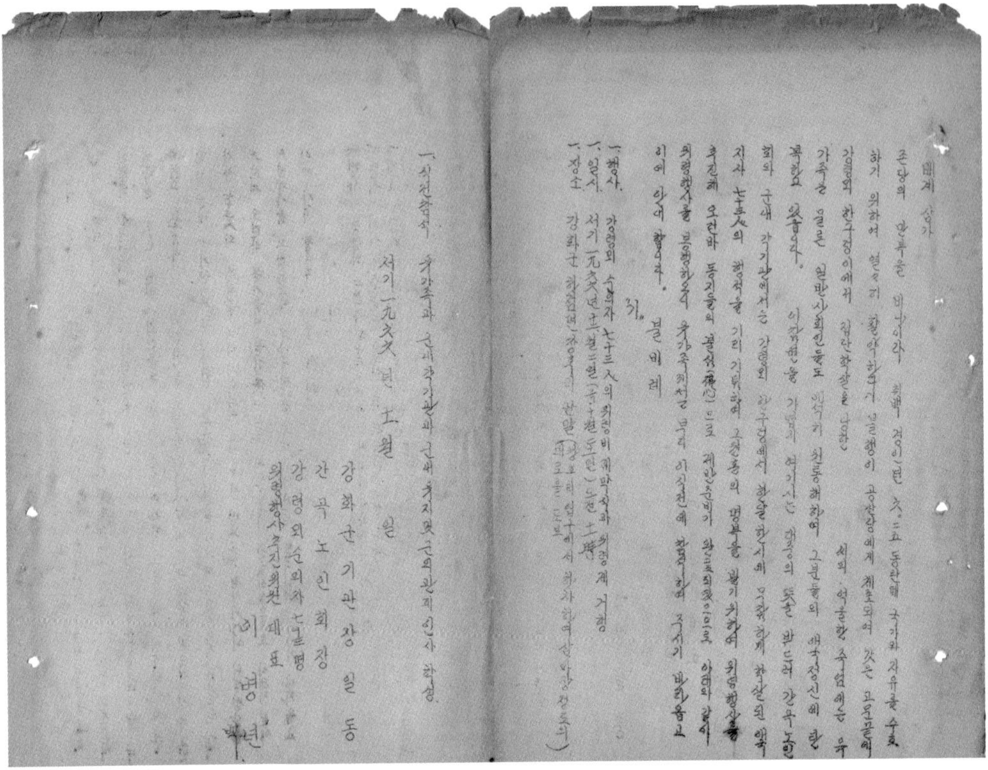

▲ 73인의 유가족에게 제막식과 위령 행사를 안내하고 참석하기를 요청하며 보낸 안내장이다.

배게삼가

존하의 만복을 비나이다 취백 七二五 동난때 국시를 위하여 열오히 활약하다가 불행이 공산당에게 체포되야 가진 고문끝에 강령뫼 한구덩이에서 한날 한시에 집단학살을 당한 七十三人의 순의자 위령행사 추진에 대하여 그간 많은 신 물심양면의 도움을 입사와 제반 준비가 완료됐음으로 아래와 같이 위령행사를 거행하오니 공사간 다망하신중 죄송스러우나 부디 이식전에 입석하사 이행사를 더욱 선양시키여 주시기 바라나이다. 불비례

재신 민주주의 사상에 철저한 청장년으로서 동난때에는 지하운동으로 대중계몽 정보제공등 국시를 위하여 눈물겨운 활약을 하다가 일편단심 집단학살을 달게 받은 七十三人 순의자 위령행사로 민족정의를 나타내는 일반 반공사상 고취에 이바지 하려든 취지임을 양찰해 주시기 바라나이다.

記

一, 행 사 강령뫼 순의자 원혼위령비 제막식과 위령제

一, 일 시 서기一九六六년 十二월 二일 (음十月二十日) 오전 十一시

一, 장 소 강화군 하점면 창후리 끝말 (창후리 입구에서 하차하여 산마장 정오 대로를 서향보행함)

一, 식 전 유족과 군내 각기관 및 유지다수와 그외 관계방면의 인사를 모시는 식전

서기 一九六六년 十一월 일

강화구노인회장
강령뫼 순의자七十三명의
위령행사 추진위원대표 이 병 빈 배

▲ 강화군 내 일반인에게 제막식과 위령 행사에 참석할 것을 요청하는 안내장이다. 이 안내장이 최종 문건인지는 확인이 필요하다. 쓰여 있는 종이로 볼 때 인쇄된 안내장은 아니다.

4. 제막식과 위령제

제막식을 겸한 위령제 집행이 눈앞에 다가왔다. 목전에 둔 행사는 금년 내로 실시해야 한다. 제막식 날을 잡는 것으로 행사 준비는 거의 끝나가는 형국이었다. 이병년은 선괘자(善卦者) 강학수(姜學秀) 선생에게 부탁하여 12월 2일(음 10월 21일)을 기일로 얻었다. 위령제와 같은 제전에 경험을 가진 이가 한 사람도 없어 한학자 이인성과 협의하여 산신제부터 시작해 위령비 제막식, 위령제 거행 선언, 국기 배례, 주제자 고사, 조포(弔砲), 비문 낭독, 순의자 명단 발표, 찬조자 발표, 위령제 거행 순으로 결정한다.

대망하고 있던 12월 2일 위령제 날이 왔다. 오전 10시경부터 유가족을 비롯한 일반 내빈이 운집하기 시작한다. 제막식과 위령제 참석자는 경기도지사 대리 김동석 보건사회국장, 한국반공연맹 이사장 대리 경기도지부 홍순복 사무국장, 김익용 강화군수, 강현 강화경찰서장, 해병대 박○○ 부대장, 미군 부대장이다.[18] 그 외 면장을 비롯한 저명한 인사들과 50여 명의 유가족, 일반인을 포함해 5~6백여 명이 참석한다. 이병년이 고사를 낭독하면서 제막식과 위령제가 시작한다. 국민의례가 끝난 후 내빈이 함께 비의 제막을 거행하였다.

▲ 순의비 제막식 겸 위령제 봉행식을 거행하는 현장이다.

왼쪽 위: 경기도 김동순 보사국장, 한국반공연맹 경기도지부 홍순복 사무국장, 김익용 군수, 강현 서장, 해병대 박○○ 부대장, 미군 부대장이 순의비 제막을 하고 있다.

왼쪽 아래: 순의비를 관망하는 내빈과 유가족

오른쪽 위: 식을 봉행하기 전에 국민의례를 한 후의 참가자들

오른쪽 아래: 제막을 끝낸 순의비의 크기는 길이 5척 반(약 167㎝), 폭이 2척 5반(약 80㎝)이다. 정확한 수치는 아니다.

▲ 새말 해병대에서 지원 나온 조포수들이 위령 행사에서 순서를 대기하고 있다. 행사에서 총 42발의 조포가 있었다. 조포는 국가 원수, 국가 유공자, 군인 등의 장례식 때 군대에서 조의의 뜻으로 쏘는 공포탄이다.

니는목소리로 초혼한다
초혼된신주에대하야 三名의僧侶는 극낙세계
연화대로 가지라고 구슬픈독경이계속된다

초혼된신주에대하야 三名의僧侶는 극낙세계
연화대로 가지라고 구슬픈독경이계속된다

▲ 제막식 이후 위령제를 지내며 초혼과 그 이후 스님이 독경하는 장면이다.

주최자 이병년 옹의 경과를 겸한 애도사 낭독
모습 이 애도사 낭독에 산천이 구슬퍼지며 유
가족은 물론 이반 내빈들도 누누 일석이엿다
강서중학교에서 파견된 녀학생의 조가합창에
더욱 애절한 회포를 자아내게 했다

▲ 이병년이 순의비 건립 경과를 보고하고 애도사를 낭독한다.

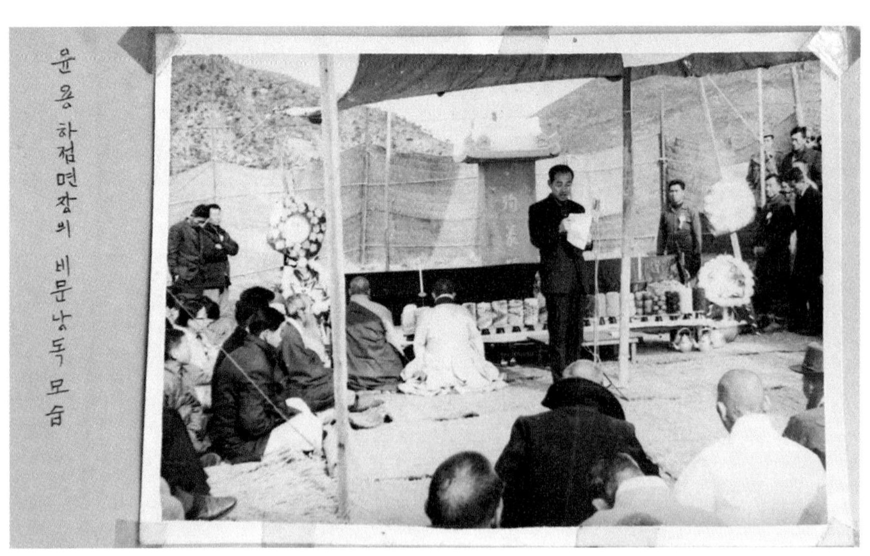

▲ 윤용 하점면장이 비문을 낭독하고 있다.

▲ 경기도 김동석 보사국장이 추모사를 하고 있다.

초혼후 이유성 회원은 신위앞에 나가
상망자명단을 발표한다

▲ 초혼을 지낸 후 이유성 회원이 신위 앞에서 사망자 명단을 발표하고 있다.

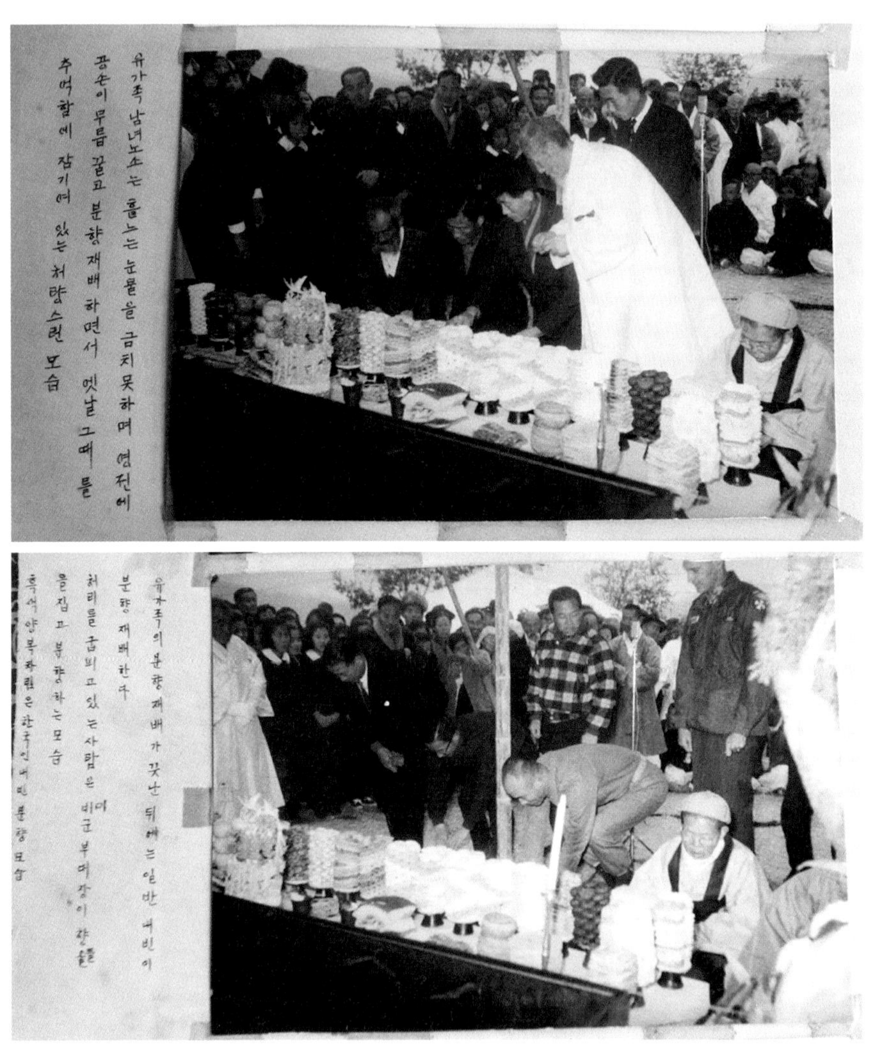

▲ 유가족들이 분향과 재배한 후 일반 내빈들이 분향과 재배하는 모습이다.

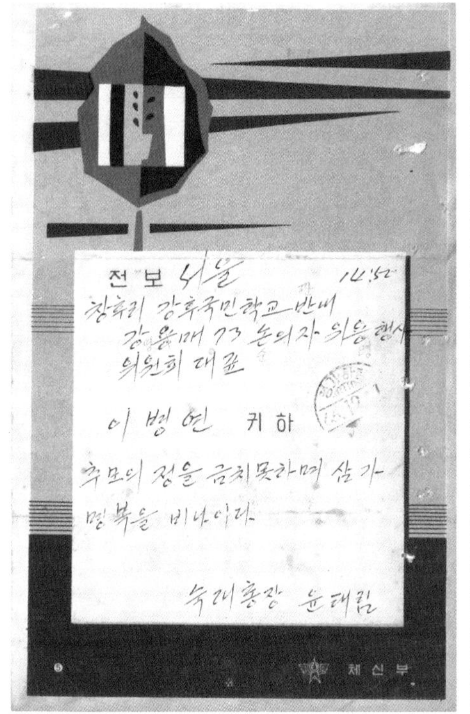

전보 서울 14:52
창후리 강후국민학교 내
강화 73 순의자 위령행사
위원회 대표

이병연 귀하

추모의 정을 금치못하며 삼가
명복을 비나이다

숙대총장 윤태림

체신부

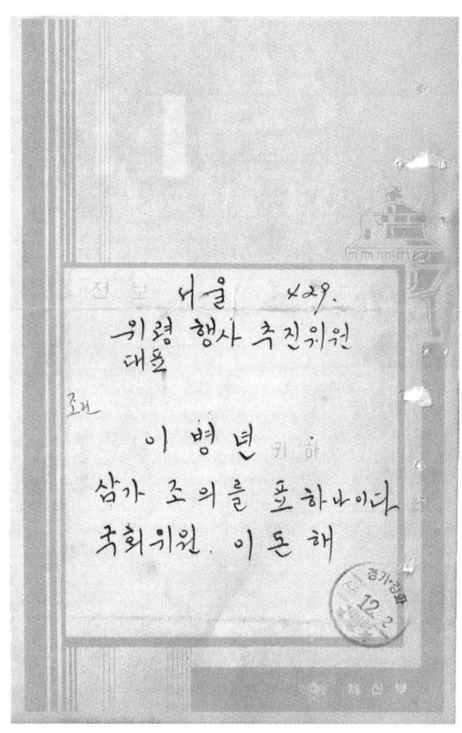

전보 서울 429.
위령 행사 추진위원
대표

이병년 귀하

삼가 조의를 표하나이다
국회위원 이돈해

체신부

▲ 순의비 제막식과 첫 위령제에 참석하지 못한 사람들이 조전(弔電)을 보내왔다. 윤태림 숙대총장과 이돈해 국회의원의 조전이다.

순의비는 강화군 하점면 창후리 막촌에 세워졌다. 기록에 있는 대로 이날 풍경을 묘사해보자. 승려들의 구슬픈 독경과 아울러 흑색보에 보중(保重)해 있던 73인의 신위(神位)가 화환으로 장식되고 성찬으로 메워진 제상 위에 서서히 나타난다. 참석자들이 감격과 흥분에 휩싸여갔다. 사제자(司祭者)의 분향과 헌작에 이어 유가족이 분향하고 재배한다. 시종일관 정숙하고 엄격한 가운데 식이 거행되었다. 식이 끝나자 미리 준비해 놓은 기념품을 일일이 증정했다.

1966년 처음으로 거행한 위령제가 끝나고 강화군청은 "강령뫼 순의비 건립에 따른 협의회"를 개최한다. 12월 2일 위령제를 거행한 군내 양사면 인화리 "애국청년 순의비 건립에" "상부로부터 15만 원의 보조금이 영달 되었고" "사업시행 지침이 하달되었기" 때문이다. 1967년 1월 13일 오후 1시 강화군청 공보실에서 열린 협의회 참석자는 반공연맹 강화군 지부장과 간곡노인회 대표 이병년, 강화경찰서장(정보계장)이었다.

이병년은 이날 협의회의 결과를 강화공보에 실었다. 그의 말대로 "자금의 부족으로 기초공사 철주 및 환경정리 등을 못하였든 바 이 사업의 완공을 보기 위하여 도와 공보부에 본 취지를 건의하였든 바 애국 유적 부활X로 십오만 원의 보조를 받아 재공사를 실시하여 지난 4월 25일 명실상부한 순의비를 완립하게 되었습니다" 1966년 이후 음력 10월 3일 위령제를 지내왔으나 해마다 위령제 날은 바뀌었다.

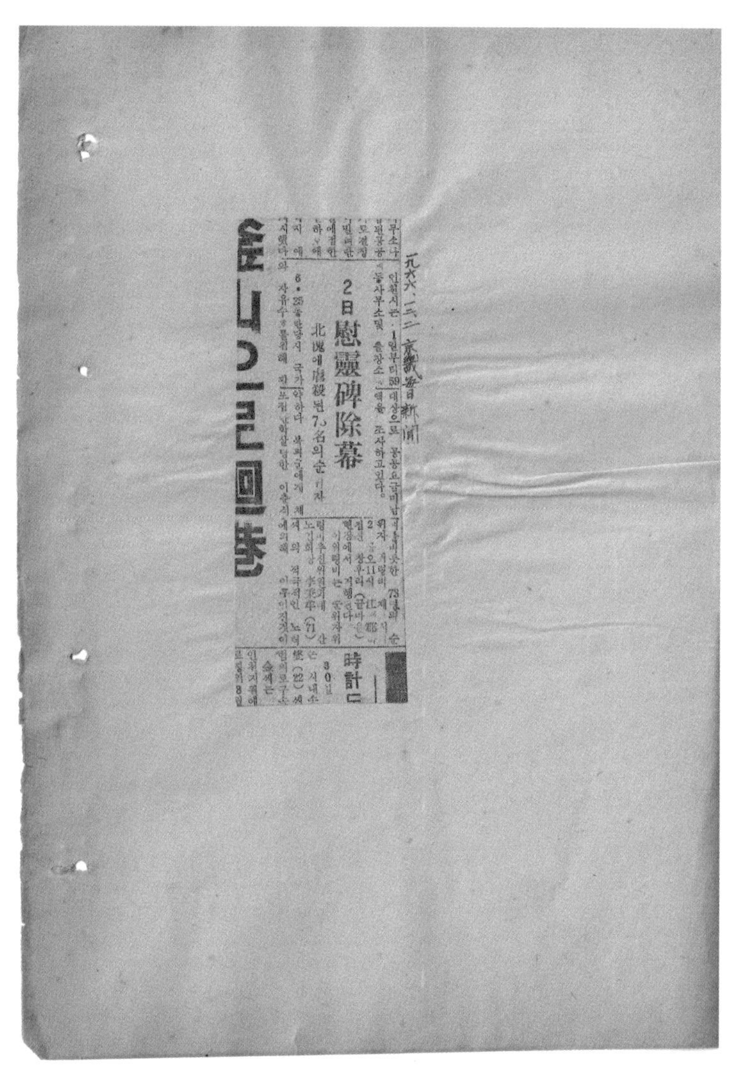

一九六六.一二.二 京畿每日新聞

2日 慰靈碑除幕

北傀에虐殺된 73名의순

▲ 위령제 거행을 알리는 1966년 12월 2일자 『경기매일신문』 기사이다.

강 화 군 청

강화공보 1700 —9　　　　　　　　1967. 1. 10

수신 수신처 참조

제목 강령뫼 순의비 건립에 따른 협의회 개최

거년 12월 2일 위령제를 거행한 군내 양사면 인화리 애국청년 순의비 건립에 있어 상부로 부터 15만원의 보조금이 영달 되었고 사업시행 지침이 하달 되었으므로 본건을 협의하기 위하여 다음과 같이 협의회를 갖고저 하오니 두위 참석하여 주시기 바랍니다

일시 : 1967. 1. 13. 오후 1시

장소 : 강화군 공보실

참석자 : 반공연맹 강화군 지부장 간곡 노인회 대표 경찰서장(정보계장) 끝.

강 화 군 수

수신처

반공연맹 강화지부장, 강화경찰서장, 간곡노인회대표.

1967. 1. 10.

강화군

▲ 강화군청에서 "강령뫼 순의비 건립에 따른 협의회"를 개최하기 위해 관계자에게 보낸 공문이다. 순의비 제막식과 위령 행사가 끝난 뒤에 공보부가 지원한 15만 원을 어떻게 사용할 것인가 협의한 자리였다.

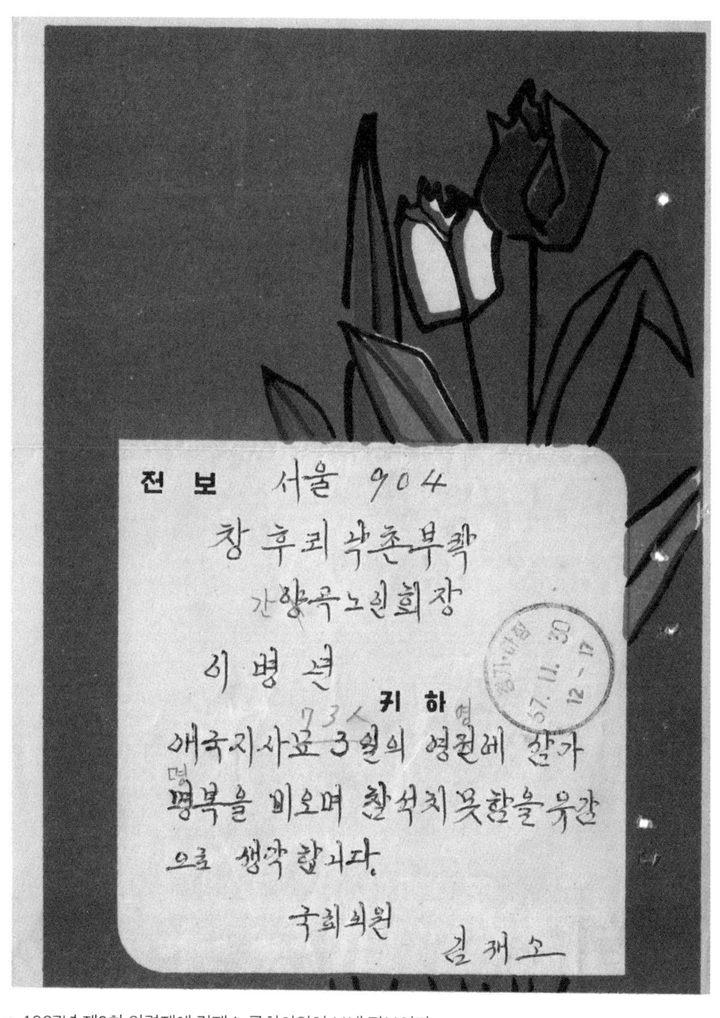

전보 서울 904

창후리 낙촌부락

간양곡노인회장

이병년

귀하

애국지사 73인의 영전에 참가

명복을 비오며 참석치 못함을 유감

으로 생각합니다.

국회의원

김재소

▲ 1967년 제2회 위령제에 김재소 국회의원이 보낸 전보이다.

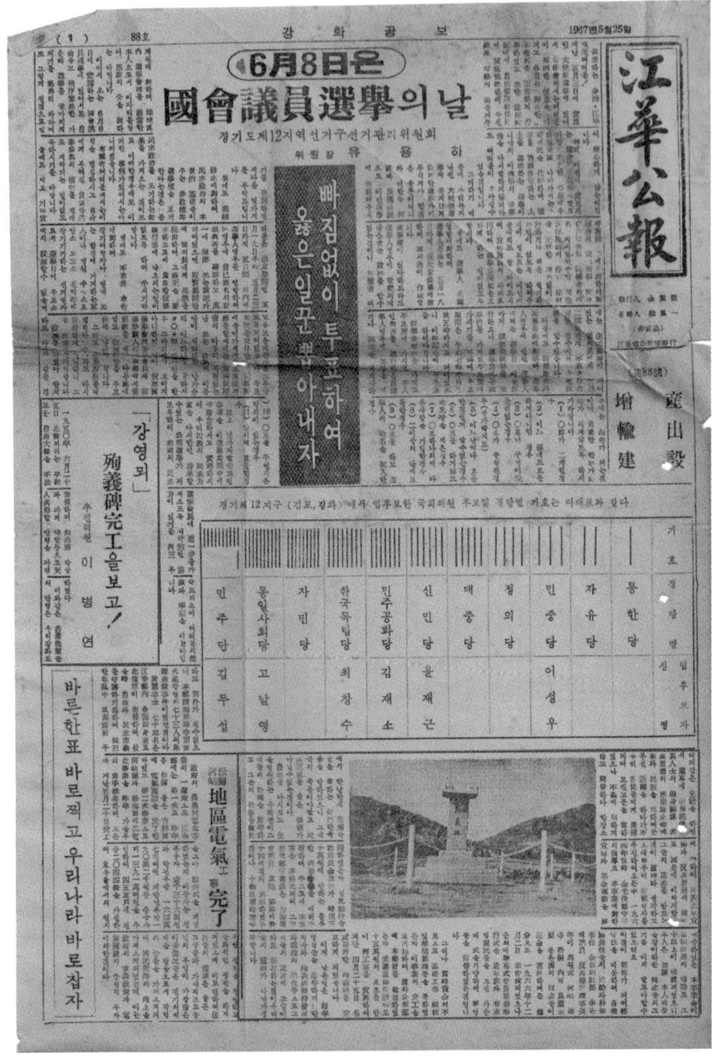

(1) 88호 강화공보 1967년5월25일

江華公報

增産 輸出 建設

6月8日은 國會議員選擧의 날

경기도제12지역선거구선거관리위원회

위원장 유 용 하

빠짐없이 투표하여 옳은 일꾼 뽑아내자

「강영뫼」 殉義碑完工을 보고!

추진위원 이 병 연

바른 한표 바로 찍고 우리나라 바로 잡자

松海地區電氣工事完了

경기제12지구 (김포, 강화)에서 입후보한 국회의원 후보및 정당별 기호는 아래표와 같다

기호	정당명	입후보자 성명
ㅣ	통한당	
ㅣㅣ	자유당	
ㅣㅣㅣ	민중당	이성우
ㅣㅣㅣㅣ	정의당	
ㅣㅣㅣㅣㅣ	대중당	
ㅣㅣㅣㅣㅣㅣ	신민당	윤재근
ㅣㅣㅣㅣㅣㅣㅣ	민주공화당	김재소
ㅣㅣㅣㅣㅣㅣㅣㅣ	한국독립당	최창수
ㅣㅣㅣㅣㅣㅣㅣㅣㅣ	자민당	
ㅣㅣㅣㅣㅣㅣㅣㅣㅣㅣ	통일사회당	고달영
ㅣㅣㅣㅣㅣㅣㅣㅣㅣㅣㅣ	민주당	김두섭

▲ 1967년 5월 25일 『강화공보』 제88호에 실린 순의비 전경과 위령 행사 추진 과정을 담은 기사. 김광준 군수 시절에 사업에 대한 선전과 모금 운동을 전개한 것과 심도직물공업(주) 김재소 사장이 삼십만 원에 달하는 비석을 기증한 사실을 밝히고, 1966년 12월 2일에 있은 순의비 제막식과 위령제 봉행식을 전하고 있다.

인민군이 점령한 강화도의 뒤바뀐 세상은 어떤 모습일까. 후퇴와 피난길에 오른 사람들과 혼란에 빠진 사람들. 북한은 점령한 지역에서 행정조직을 설치하고 노동당이 통치를 시작한다. 인민위원회와 내무서는 '반동분자' 처리에 나서 사람들을 붙잡아 간다. 납북과 노동자 '전출사업'으로 남한 국민을 이북으로 데려간 북한의 정책은 무엇을 의미할까.

2장

뒤바뀐 세상

1. 남은 사람들과 피난 온 사람들

강화군은 서해안 강화만에 위치하는 강화도와 교동도, 석모도 등 유인도 11개 섬과 무인도 16개 도서로 이루어진 곳이다. 강화도는 남북의 길이가 28km 동서의 길이는 16km이며 섬의 둘레는 112km에 이르고 총면적은 대략 407.7㎢이다. 강화도는 원래 김포반도와 연결되어 있는 육지였으나 떨어져 나와 현재와 같은 섬이 되었다.[1] 강화의 동쪽은 김포에 접하였고 서쪽은 황해에 연하여 있으며 남쪽은 섬들을 거쳐 인천에 이르고 북쪽은 한강 하구를 건너 개풍군과 예성강 서쪽의 황해도 연백군에 접한다.

예전부터 강화군은 인천과 서울, 개성, 연백을 잇는 주요 길목이었고 해상의 중요한 지리에 위치하고 있었다. 이 같은 특성은 한국전쟁 전후 이 지역에서 많은 첩보활동과 민간인 피해, 피난민의 이주와 긴밀한 연관을 가지게 된다. 휴전을 맺으면서 강화군은 민간인 출입 통제선(민통선)이 가로지르는 도서 지역으로 변한다. 해상 교통은 동쪽으로 한강 연안에 있고 남쪽으로는 인천항에 접해 있다. 군은 예부터 지리적으로 나루터가 발달해 왔다. 월곶포는 강화도 동북단에 위치해 조수간만의 차가 심한 곳인데 개풍군 영정포와 가까운 항로에 있다. 서울 마포로 향하는 곳이 월곶진(月串津)이었다.

해방이 되고 일제 강점기에 시달린 강화군민들이 울분에 넘쳐 일본인 경찰관 수 명을 폭행하는 일이 벌어진다. 민심은 계속 악화되어 징용과 징발, 징병, 배급을 문제삼아 군 내 면장들의 집을 수색하고 일부 건물을 파괴하였다. 심지어 어떤 면장은 면민들로부터 구타를 당하는 수모를 면치 못하였다. 이런 가운데 치안대가 자체로 조직되어 시국의 변천 과정을 주시하며 질서를 정리하기에 이르렀다.[2]

미군이 이 땅에 들어와 군정을 실시하고 강화군에는 핑클 스타인 대위가 군정관으로 부임했다. 자료에 나온 직위대로, 그를 소개하는 문건은 『강화사』에서 핑클 대위, 언론보도와 이철원 공보부장의 기자회견에는 스타인 소좌로 되어 있다. 1947년 1월 14일 미곡 수집을 독려하기 위해 양사면에 출장 나간 스타인 소좌가 면사무소 마당에서 승기룡(承己龍)을 권총으로 쏘는 일이 일어났다. 1월 20일 이철원 공보부장은 미군정 출입기자단과 다음과 같이 문답하였다.[3]

기자단이 강화에서 미 군정관 스타인 소좌가 조선인을 살해하였다는데, 라고 묻자 공보부장은 "사실이다. 1월 14일 오후 4시 50분경 양사면 사무실 앞에서 스타인 소좌가 철산리 사는 승기룡 씨 옆에서 권총을 휘롱하다 오발이 된 것이 승 씨의 두골에 맞아 즉사하였다. 스타인 소좌의 처벌에 관하여는 조사하여 발표하겠다"라고 얼버무렸다.

이 사건을 보도한 『자유신문』의 기사는 이철원 공보부장이 기자회견에서 밝힌 내용과 조금 다르다. 기사 내용은 이렇다. 1월 14일 오후 2시경, 강화군 주둔 미군정관 스타인 소좌는 군청 직원을 대동하고 "미곡 수집 독려를 하기 위하여 양사면에 출동한 바", "거기서 점심을 준비하고 이들을 안내하고자 면사무소를 찾아온 승기룡(XX정미업자) 씨를 현장에서 권총으로 사살하였다."[4]

보도기사가 정확하다면, 승기룡의 사망은 이철원 공보부장이 기자회견에서 밝힌 내용처럼 오발에 의한 것이 아니었다. 무슨 이유인지 모르지만 점심을 준비하고 길을 안내하려고 나온 사람을 스타인 소좌가 직접 사살한 것이다. 승기룡이 피살당한 원인은 명확하게 드러나 있지 않지만 정미업자로 알려진 그에게 미 군정관이 권총을 쏜 것은 미곡 수집과 관련되어 있을 가능성이 크다.

『강화사』의 기록을 보자. 이철원 공보부장이 밝힌 스타인 소좌를 핑클 대위로 표기하였다.[5] 양사면으로 출장을 나간 이유는 신문기사의 보도 내용과 같이 미곡 수집을 독려하기 위해서인데, 면사무소 마당에서 승기룡을 사살한 것은 언론 기사와 같다. 문제는 이 사건으로 지역 내 좌우익 갈등이 심해진 점이다. 좌익 측에서는 미군정의 양곡 정책을 비판하였는데, 1947년 8월경이 되면 미군정 당국이 남로당의 정당 활동을 불법으로 간

耕地評價十倍로引上

學兵事件돌날

美軍政官이 國民射殺

江華郡에 不祥事實發

三千警官動員

全北의 쌀供出失敗는 內政잘못에 責任이잇다

美軍政官의 面民射殺

拳銃장난끝에 실수다

▲ 강화도에서 있었던 살인사건을 보도한 기사와 이철원 공보부장이 기자들과 가진 문답에서 밝힌 사건의 전모이다.『자유신문』1947년 1월 19일: 1947년 1월 21일.

주해 좌익 단체에서 활동한 사람들을 검거하고 있었다.

한반도에 두 개의 정부가 들어서는 가운데, 강화경찰은 우익 단체를 조직한다. 한천수(韓千洙) 강화경찰서장은 경찰위원단을 설치하고 1948년에 향보단(鄕保團)을 조직해 경찰 업무를 도와 '공산분자'를 붙잡는데 한 몫 담당하게 했다.[6] 해방 직후 미군정 아래에서 강화도는 제1관구경찰서 제8지구경찰서가 되었다. 1948년 직제 제정에 따라 2급지 경찰서로 바뀌었고, 1949년 2월 23일 강화경찰서에 이르렀다.

1949년 강화경찰서장 엄태섭(嚴泰燮)은 좌익세력의 전향과 교도사업을 담당하는 국민보도연맹 강화군연맹을 조직하여 선도에 주력한다.[7] 강화군 보도연맹은 사무소를 강화경찰서 구내에 두었고 서장의 지휘와 감독 아래 있었다. 위원장은 황염이 맡았고 각 지서에 사무소를 두고 예하 조직으로 면 단위에 지부를 결성하였다. 1949년 4월 20일 국민보도연맹 중앙본부 결성을 시작으로 전국에서 만들어진 이 조직은 정부가 좌익활동을 한 사람들의 사상을 전향시킬 목적으로 설립한 관변단체였다.[8]

전쟁이 일어난 해 강화에는 가뭄과 흉년이 들었다. 1932년 10월 강화군 양사면 북성리에서 태어난 이○○(李○○)에 따르면 형편이 어려운 사람들은 때때로 끼니를 굶고 지냈다. 그의 집 벽에는 시계가 하나 걸려있었는데 어느 날 그 시계가 없어져 의아해하니, "시계 갖다 주고 감자 바꿔왔다"라고 어머니가 말했다.[9]

사정이 더욱 안 좋은 사람들은 논밭에 나가서 쇠비름을 캐다가 삶아 우려서 된장으로 무쳐 먹었다. 그때는 참혹했다. 이희석 또한 그해 가뭄이 들어 먹을거리가 없으니까 논에서 쇠비름을 뜯어다 죽을 쑤어 먹었다.[10] 이○○이 철산리에 있는 특공대에서 소년단 일을 하고 있을 때인데, 어느 날 식당에 남은 누룽지를 챙겨서 집에 들어갔더니 아버지의 발등이 수북하게 부어 있었다. 못 먹고 끼니를 굶으니까 발이 부은 것이다.

1930년 6월 강화군 선원면 선행리에서 태어난 김○○(金○○)은 전쟁이 일어나자마자 혈구산으로 피난 갔다.[11] 한창 여름 때니까 농촌에서 모내기를 끝낸 시기에 전쟁이 나서 사람들이 피난을 떠나고 있었다. 북에서 피난을 오고 강화읍 사람들도 혈구산 기슭으로 왔다. 남녀노소에게 갑자기 닥친 일이니까, 사람들이 소를 끌고 보따리를 메고 짊어진 채 산 밑으로 모였다. 큰일 났구나, 하고 생명이 위태로우니까 산속으로 숨어드는 형편에 김○○은 6.25를 맞았다.

산의 높은 곳으로 올라간 김○○이 캄캄한 저녁이 될 무렵 아래로 내려다보니 임진강과 한강이 내려와 합류하는 김포의 애기봉 주변으로 포격과 총탄이 쏟아지고 있었다. 번쩍번쩍하는 불빛을 본 그는 실감이 나면서 당황스러웠고 걱정이 앞섰다. 피난을 왔는데 어떻게 될 것인가 막막한 거였다. 불빛이 비가 오듯이 날아오는데 겁이 날 수밖에 없었다. 결국 한밤중에 산에서 내려온 그는 집이 가까우니까, "뭐 죽을 땐 죽더라도 어떡하

냐? 여기서 어떻게 할 수는 없지 않느냐?"라는 생각에 집으로 돌아왔다. 첫날이 어렵게 지나갔다.

강화는 인민군 주력부대가 직접 들어오지 않고 며칠 후에 후방부대가 들어와서 자치를 시작한다. 서울이나 인천이 함락되면 이 지역은 그대로 흡수되는 곳이었다. 주력부대는 남쪽으로 계속 진격하고 후방부대가 뒤따르면서 방어지역을 구축하고 노동당이 행정조직을 만들면서 치안과 행정을 맡았다.

남쪽으로 피난을 떠나기가 쉽지 않은 곳이 있었다. 1941년 4월 황해도 연백군 호동면 남당리에서 태어난 지○○(池○○)은 전선이 두세 번 바뀌는 동안 계속 연안에 숨어 지냈다.[12] 개전 초기는 인민군이 점령하고 9.28 이후에는 유엔군과 국군이 이북을 점령했고 또다시 중국인민지원군이 북한을 지원해 1.4 후퇴할 때에도 계속 그곳에 머물렀다. 고향을 떠나기가 쉽지 않았다.

강화와 인천 심지어 강원도 철원으로 이주한 북쪽 사람들까지 전선이 지금처럼 이렇게 고정될 것이라고는 예상할 수 없었다. 전쟁이 끝나면 살던 곳으로 갈 수 있을 것이라고 여겼다. 그 사이에 지○○의 아버지는 교동도에 건너가 있었는데 남자들만 먼저 피신해 있었다.

북한의 경찰, 내무서원에게 붙잡히면 심한 고초를 겪었다. 어린 나이의 지○○은 도망가지 못한 사람들을 그들이 붙잡아 끌고 가면 왜 그렇게 두드려 패는지, 직접 보고는 도저히 이해할 수가 없었다. 마을의 어떤 사람은 심하게 구타당한 후 일어나지 못한 채 가마니로 만든 들것에 얹혀 나오기까지 했다. 인민군이 점령하고 조선노동당이 장악한 곳에서 쉽게 빠져나올 수 없었다. 남한에서 남한으로 피난을 가는 것과는 다른 상황이었다. 서해안을 접하고 있는 황해도 서남쪽 지역은 뱃길을 알아야 했고 다른 지역보다 군사활동과 감시가 심한 곳이었다.

인민군이 강화에 들어올 즈음 혼란이 일어났다. 1935년 1월 강화읍에서 태어난 노○ ○(盧○ ○)은 6월 25일 포격이 시작되고 갑곶나루터에서 배를 타고 인천으로 나갔다. 아래윗집에 살며 친하게 지내고 있는 형을 갑곶리에서 만났는데, 인천으로 가는 배를 같이 타게 되었다. 인천항에 도착해보니 선착장 부근에 파출소가 있고 경찰들이 분주하게 다니며 행정 서류를 둑에 갖다 놓은 뒤 불을 지르고 있었다. 경찰은 인민군이 들어오기 전에 서류를 불태웠다.[13] 그곳에서 이틀을 배에서 잔 노○ ○은 강화로 돌아온 후 걸어서 집으로 갔다.

피난 생활은 고단했다. 교동도에는 바다 건너 황해도에서 먼저 피난 온 사람들이 무진장 많았다. 지○ ○의 아버지는 교동면사무소 아래에 엉성한 초가집을 마련해두고 있었다. 돈을 갖고 강화로 건너온 아버지가 조그만 오막살이 한 채를 사놓은 거였다. "아버지가 '우리 집이다' 그러는데 거적때기 열면 바로 저기야. 방이라고 요만한 데다 보니깐 가마니를 깔아 놨더라구. 우리 집이다, 이거야. 깨알만큼 쪼그만데" 실상은 집 같지 않은 집이었다.[14]

교동에서 뭐니 뭐니 해도 제일 큰 시련은 배고픔이었다. 사람이 많으니까 먹는 장사가 가장 수월하고 돈을 버는 데 요긴했다. 지○ ○의 어머니는 국수를 삶아 팔았고 떡국이 또 그렇게 장사가 잘될 수가 없었다. 조금이라도 재주가 있고 무슨 일이든 할 줄 아는 사람은 먹는 장사를 작게라도 해서 음식을 만들어 팔았다. 떡국 같은 것은 기계로 떡을 빼야 하는데 다른 장비가 없으니 손으로 가래떡을 만들었다. 먹는 장사를 하는 사람들은 버틸 수 있었다. 음식을 장만하니까 굶지는 않았다.

강화군에는 이북에서 피난 온 사람들이 많이 거주했다. 교동도가 대표적인 곳인데 이곳은 황해도 연백군에서 피난 온 실향민들이 대규모 마을을 이루고 살았다. 세월이 흐르고 1970년대에 이르면 그들은 고향에 있는 '연백시장'을 그대로 본떠 대룡시장을 만들었고, 이곳은 현재 그때의 건물과 간판이 그대로 남아 옛 풍경을 간직하고 있다.

2. 점령지역 통치

행정조직 설치

1893년 2월 태어난 이병년은 강화군 하점면 창후리 출생으로 한성 제1보통학교(현 경기고)를 졸업하고 황해도청에 근무하면서 판임문관(判任文官) 시험에 합격한다. 황해도 은율군속을 거쳐 신계군청 내무과장으로 재직한 그는 신계군수와 옹진군수를 역임하였다.[15] 강원도 난곡수리조합(蘭谷水利組合) 이사로서 지역사회 발전에 공헌하였고, 만년에는 강서중학교 창설 기성회장으로 활동한다.[16] 8.15 해방 이후에는 서울 영등포에서 책방을 운영한 것으로 이희석의 삼촌이 생전에 전했다.

이희석의 회고에 따르면, 북한의 남침 소식이 전해지자 이병년이 강화로 돌아왔고 그의 집안은 다른 곳으로 피난 가지 않았다. 손자의 말로는 "할아버지가 선견지명이 있으신 분"이었다.[17]

저놈들이 나갔다가 겨울철에 다시 들어왔잖아, 1.4후퇴 때. 우리 할아버지 생각은, 바늘 가는 데 실 간다, 이거야. 그러니깐 강화가 지역적으로 봤을 때 큰 군사적인 가치가 없는 데다 이거지. 그니깐 인천이나 서울 다 뺏기면은 여기는 주력부대가 안 올 거다, 이거지. 그래서 우리는 여기 계속 있었다고.

전면전이 일어난 다음 날 1950년 6월 26일부터 연백 옹진 지역에서 피난민이 남부여대(男負女戴)하고 강화로 들어와 전투 소식을 전해주었다. 6월 27일경 인민군 전초부대는 강화읍 월곶리 맞은편 개풍군 영정포에 집결해 한강 입구에서 소형 선박 7~8척으로 도강했다. 곧이어 선박 2~3척이 뱀섬에 나타나 김포군 월곶면 문수산 북단으로 이동하였다. 개풍군 영정포를 점령한 인민군 전초부대는 한강 어구를 도강하여 김포군 문수산을 거쳐 우회한 후 하오 6시경에 강화 갑곶진으로 도강해 강화읍에서부터 동낙천으로 점령해왔다.[18]

지역을 사수하려고 백방으로 노력하던 강화경찰서 경비계장 안정복(安正福) 경위는 관청리 한일은행 옆 노상에서 단독으로 인민군과 교전하던 중 사망한다. 강화경찰서 대원들은 상부의 지시에 따라 인천에 위치한 경기경찰국을 집결지로 정하고 가족을 남겨둔 채 후퇴하였다. 한편 강화도로 후퇴한 연백과 백천경찰대는 중화기 2정으로 월곶포에서 북한이 도강작전을 펴는 개풍군 영정포를 향해 포 사격을 하였으나 별 소용이 없었다.

강화도를 거쳐 지난 인민군은 김포 방향으로 상륙을 시도한다. 갑종간부 2기로 시흥에 있는 보병학교에서 후반기 교육을 마친 곽해용은 보병학교 후보생 신분으로 전투에 참가한다. 그는 중화기 중대로 배치되어 김포읍을 지나 강화도에 조금 미치지 못하는 곳에 방어진지를 구축하러 나섰다. 6월 28일 새벽이었다.[19] 전투는 일방으로 전개되어 인민군이 전선을 손쉽게 돌파한 후 곧이어 김포비행장을 점령해버렸다.

항공기지사령부 경비중대장이었던 김상학은 6월 25일 아침 관사에서 비상 소집령을 접한 뒤 급하게 부대로 갔다. 다음날 김포반도를 방어하기 위해 경비사령부를 편성하였는데 그는 제1중대장(독립중대장)을 맡아 사령부 장병 중에서 50여 명을 차출해 중대원을 구성했다. 편성을 완료한 중대는 김포읍으로 출발해 그곳에서 인민군이 침입할 것으로 예상한 월곶면으로 갔다. 김포읍 방향의 능선에 진지를 구축했지만 27일부터 인민군이 포격을 시작하고 김포를 점령하기 시작하자 제대로 전투를 치르지도 못하고 후퇴하였다.[20]

육군 제3사단 제22연대 3대대장 손영을은 전쟁이 일어나자 부대 편성을 위해 서울로 이동해 수도경비사령부에 집결한 후 김포로 나갔다. 27일경 전투가 벌어졌고 28일에 부평을 거쳐 소사로 후퇴한 후 부대를 재편성해 공격에 나섰으나 인민군이 벌써 김포비행장을 점령한 뒤였다.[21] 강화를 우회한 북한이 비교적 손쉽게 김포를 함락시켰다. 국군의 후퇴는 걷잡을 수 없이 혼란스러운 상황에서 이루어졌다. 참전 군인들의 증언처럼 강화도 방향에서 김포를 향한 인민군의 공격은 국군을 쉽게 무너뜨렸다. 김포를 점령한 인민군은 한강 이남 서부지역을 빠르게 장악해 갔다.

평양은 남한지역을 점령한 후 행정기관을 설치하고 본격적인 통치에 들어간다. 1950년 6월 26일 김일성은 방송 연설에서 전쟁을 원활하게 수행하고 뒷받침하기 위해 이북지역의 모든 인력과 물자를 동원하도록 지시한다. 노동자와 기술자, 사무원들에게 생산 계획을 충실히 이행하고 농민들에게는 군대에 제공하는 식량과 농산물 생산에 전력하게끔 지시했다. 중요한 내용은 점령한 남한지역에 대한 지시사항이었는데, 빨치산 활동을 언급하고 행정조직으로서 인민위원회 복구를 독려했다.[22]

김일성의 연설에 뒤이어 노동당은 남한 점령지에서 인민정권기관을 시급히 복구할 것을 강조한다. 1950년 7월 14일 최고인민회의 상임위원회는 「공화국 남반부 해방지구의 군, 면, 리(동) 인민위원회 선거실시에 관하여」라는 정령을 공포하고, 점령지에서 인민위원회 선거를 실시하도록 했다.

개전 후 전세가 불리한 가운데 그해 10월 11일 김일성이 전체 조선인민에게 한 방송연설 「조국의 촌토를 피로써 사수하자」에 따르면, 남한지역 9개 도의 108개 군 1,186개 면, 1만 3,654개 리(동)에서 인민위원회 선거가 있었다.[23] 인민정권기관 못지않게 노동당은 청년단체들을 복구하기 위해 노력했다. 이 단체를 활용해 전시 초기의 핵심 과제인 각종 동원을 집행하려고 했다.[24]

1950년 6월 27일경 인민군이 강화지역을 점령하자 각종 조직이 만들어지기 시작한다. 행정조직으로 군, 면 인민위원회를 설치한 후 업무를 개시하였고, 리 인민위원회와 자위대 그 밖에 여러 단체가 속속 만들었다. 조국보위연맹과 민주청년동맹, 농민조합 같은 조직이다. 인민위원회는 그해 농산물이 얼마나 될지 작황을 조사하는데, 각 리의 판정위원은 현물세(現物稅) 조정에 필요한 세원(稅源)을 산정하기 위해 농산물의 낱알을 조사한다. 이○○은 논에 심은 벼와 밭에 심은 수수, 옥수수 수확량을 조사하는 데 협력한다. 곡식 낱알을 세는 것이었다.[25]

이북이 통치하는 강화에서 벌어진 일의 단면은 노획문서에 남아 있다. 전쟁 때 미군이 노획한 북한 문서는 미국 국립문서기록관리청(National Archives and Record Administration, 이하 NARA)에서 보관하고 있는 자료이다.[26] 미 국무부는 이북지역에서 문서를 수집하도록 미 극동군사령부에 명령을 내렸고, 부대 편성과 임무 수행은 미8군이 맡았다. 1950년 10월 16일 미8군은 제2사단의 부대 마크에서 따온 '인디언 헤드'(Indian Head)부대를 편성한다.[27]

이 부대는 자료 수집을 위해 여러 기관에서 차출된 장교와 사병으로 구성되었는데, 특수임무를 띠고 임시로 편성한 부대였다. 미군은 이북지역에서 자료를 수집하기 위해 특수부대를 운용할 정도로 북한 내부 사정에 대한 정보와 접근을 중요하게 여겼다. 평양시를 중심으로 전선 이북지역에서 북한의 정치, 경제, 군사관계 자료와 군인 수첩을 비롯한 개인 기록까지 자신들의 손에 잡히는 모든 서류 더미를 수집했다.[28]

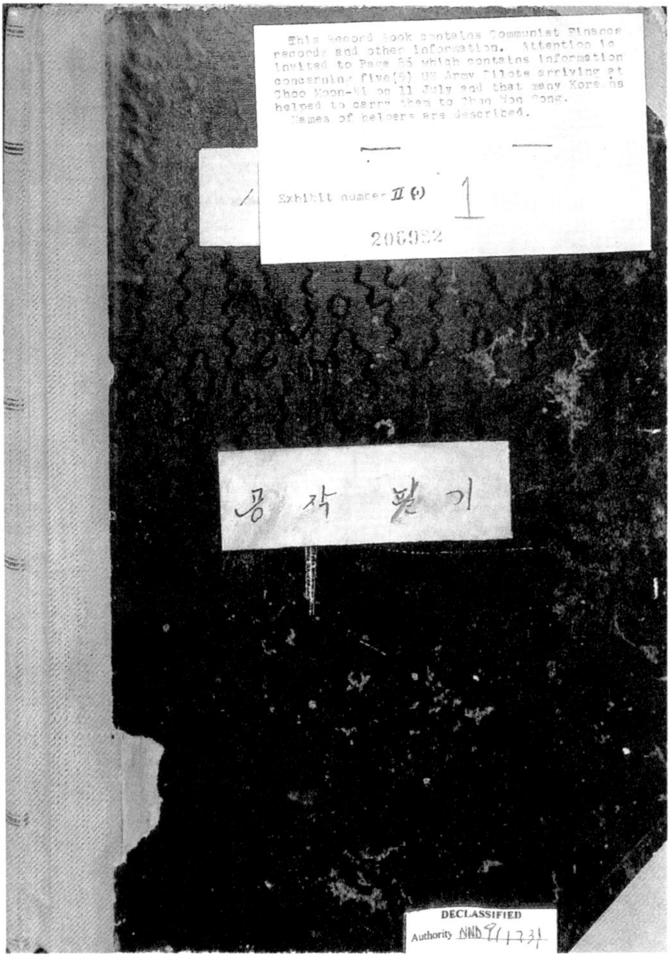

▲ 공작필기 문건이다. 강화군 인민위원회 조직과 자치위원회, 대한청년단 간부, 검거 대상자 명단이 들어있는 자료이다.

9.28 서울 수복 이후 38도선을 넘어 평양에 가장 먼저 도착한 제1사단(사단장 백선엽)은 10월 19일 평양시를 대부분 장악한다. 북한이 퇴각하고 작전이 일단락되자마자 가장 먼저 평양에 진입한 부대가 인디언 헤드 마크를 단 미군 제2사단 소속 장교와 병사들이었다. 이들은 맥아더 사령부에서 '문서수집반'으로 차출된 요원으로서, 선임자인 제2사단 정보참모 랄프 포스터(Ralph L. Foster) 중령은 백선엽에게 증명서를 제시하며 요원들의 평양 시내 진입을 허가해 줄 것을 요청했다.[29] 협조를 받은 미군 문서수집반원 70여 명은 곧바로 평양에 소재한 공공건물을 샅샅이 뒤져 10월 20일까지 약 160만 쪽에 이르는 각종 문서를 노획해 동경에 있는 미 극동군사령부로 후송했다.[30]

군 단위 인민위원회와 면, 리 인민위원회, 자치위원회가 행정의 기반을 마련하고 주민들을 통치해 나갔다. 1950년 7월 21일 구성한 강화군 선원면 자치위원회 조직을 보자. 위원장과 부위원장, 서무부장, 서무부서기, 계획부장, 생산부장, 노동부장, 재정부장으로 구성되었다. 서도면에는 인민위원회가 노동당 면당위원회와 함께 구성되었고 면내 각 리마다 인민위원회가 강화군 곳곳에 설치되었음을 알 수 있다.[31] 군 내 면에서 인민위원회가 꾸려지고 리 단위에서 인민위원회와 자치위원회가 만들어진다.

노동당 산하의 당 기구와 치안을 담당하는 내무서, 자위대와 같은 조직이 활동한다. 그들은 주민들에게 노동당 가입을 촉구하고 시설 경비와 해안선, 방공망을 감시하는 한편 대한청년단과 민보단 등 우익단체 간부와 국군 패잔병 색출에 나선다.[32] 뿐만 아니라 노동당은 점령지역의 정치보위사업에 있어서 경찰기관에 소속되었던 구성원을 '투쟁대상'으로 규정하고 체포하도록 조치했다.[33]

인민정권 설치와 함께 각종 궂은일을 맡은 내무서원은 엄격한 심사를 거쳐 선발하였다. 「내무서원 채용심사 의뢰의 건」은 노동당이 점령지역에서 각종 정책을 펴나가는데 일선에서 일

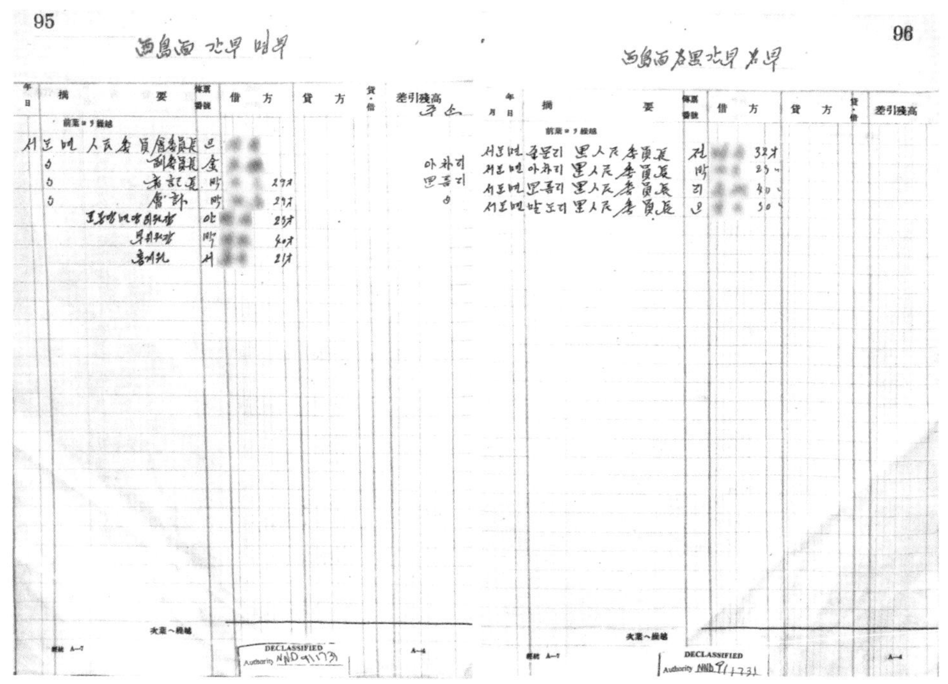
95

西島面 간부 명부

年 月 日	摘要	傳票番號	借方	貸方	貸・借	差引殘高
	前葉ヨリ繰越					
	서도면 人民委員會委員長					
	〃 副委員長	金				
	〃 書記長	박	29才			
	〃 會計	박	29才			
		안	23才			
		박	40才			
		서	21才			

DECLASSIFIED
Authority NND 911731

96

年 月 日	摘要	傳票番號	借方	貸方	貸・借	差引殘高
	前葉ヨリ繰越					
	서도면 [illegible]리 里人民委員長	전	32才			
	서도면 아차리 里人民委員長	박	23〃			
	서도면 [illegible]리 里人民委員長	리	40〃			
	서도면 [illegible]리 里人民委員長	오	50〃			

DECLASSIFIED
Authority NND 911731

▲ 강화군 서도면 인민위원회 간부와 면내 각 리 인민위원회 위원장 명단이다.

140

서도면 방어지구 군사위원회
간부 명단

年 月 日	摘 要	傳票番號	借方	貸方	貸·借	差引殘高

前葉ヨリ繰越

리명	성명	성별	년령	[illegible]	[illegible]	지식	정당	사회단체	종교	현직	직위
면	강	男	28	빈농	빈농	소학	로동당	무	무	[illegible]	사령관
	고	〃	50	〃	로동	중퇴	〃	무	〃	[illegible]	부사령관
	박	〃	43	중농	중농	소학	〃	〃	〃	[illegible]	中隊長
	유	〃	29	빈농	빈농	〃	무	〃	〃	[illegible]	副中隊長
주문리	전	〃	32	〃	〃	〃	〃	〃	〃	리위원장	사령관
〃	김	〃									
아차리	박	〃	23	빈농	빈농	中卒	〃	〃	[illegible]	리위원장	사령관
〃	박	〃	40	빈농	상업	소학	〃	〃	무	자위대장	부사령관
[illegible]	이	〃	40	빈농	빈농	〃	〃	〃	〃	리위원장	사령관
[illegible]	전	〃	32	〃	〃	〃	〃	〃	〃	자위대장	부사령관
말도리	오	〃	30	상업	로동	〃	〃	〃	〃	리위원장	사령관
〃	김	〃	38	로동	로동	〃	〃	〃	〃	자위대장	부사령관

총원 447명
자위대 272명

次葉へ繰越

A—7 DECLASSIFIED Authority NND 911731 A—4

▲ 강화군 서도면 방어지구 군사위원회 간부 명단과 직위가 기재되어 있다.

88

서원면

1950年7月21日 구성 自治委員會

年 月 日	摘要	傳票番號	借方	貸方	貸·借	差引殘高
	前葉ヨリ繰越					
	위원장 양					
	부위원장 한					
	서무부장 이					
	서무부서기 허					
	계획부장 김					
	생산부장 권					
	노동부장 윤					
	재정부장 한					
	次葉へ繰越					

A—7　A—4

DECLASSIFIED
Authority NND 911731

▲ 1950년 7월 21일 구성한 강화도 선원면 자치위원회 명단이다. 문건명은 서원면으로 되어있으나 오기로 추정함.

141

年 月 日	摘要	傳票番號	借方	貸方	貸・借	差引殘高
	前葉ヨリ繰越					

신입서원
본적 경기도 강화군 선원면 지산리 368번지
주소 上同
성명 고
년령 27才 12.29日生
직업 농업
당별 노동당 1946. 入黨
8세이후 경력
학교 선원면 공립보통학교 2년간
12세부터 선원면 지산리에서 소작농업에 종사
20세 日本 강제징병 ... 2년간 마쳤음
해방이後 계속 농업하였음
친척관계
三寸 고 41세 농업 노동당
백부 고 57세 농업 무
四寸 고 23세 농업 무
父 고 48세 상업 무 서울거주
母 46세 농업 무
妻 25세 〃 〃
長男 고 3세 무 무
弟 고 17세 무
토지관계. 소작 畓1,214평 田900평 호주 고

次葉へ繰越

經枝 A—7

DECLASSIFIED
Authority NND 911739

A—4

▲ 강화군 내무서의 신입서원에 관한 자료이다. 해당자에 관한 노동당원 여부와 8세 이후의 경력, 일제 강점기의 일, 부모와 형제자매들의 나이, 직업, 거주지가 기록되어 있다.

142

年 月 日	摘要	傳票番號	借方	貸方	貸·借	差引殘高
	前葉ヨリ繰越					
	신원서원					
본적	경기도 강화군 선원면 연리 641번지					
주소	상동					
성명	유 [illegible]					
년령	27才 5월 13日生					
직업	농업					
당별	남로당 1946. 9. 20日 入黨					
	8세 이후 경력					
학력	초학					
	[illegible]					
	친척관계					
	次葉へ繰越					

A-4

DECLASSIFIED

▲ 강화군 내무서의 신입사원에 관한 자료이다. 본적, 주소를 비롯해 학력과 가족관계가 상세히 기재되어 있다.

하는 내무서원을 어떻게 선발하는지 보여준다.[34] 개별 내무서원의 채용에서 중요한 것은 가정 성분과 본인의 성분이다. 점령 지역에서 계급과 성분을 기준으로 핵심 지지자들을 확대해 나가고 행정 인력을 동원한다. 내무서원은 신원조사서와 신체검사서, 사진 3매, 면당위원장 추천서를 당위원회에 제출하고 아주 철저한 심사를 거쳐야했다.

낟알을 세는 주민들

가정 성분과 본인의 성분이라고 한 것은 북한에서 성분 제도가 확립되기 이전의 기준이다. 오늘날 인민들은 핵심계층, 기본계층, 적대계층의 3계층과 64개 부류의 출신 성분과 사회 성분으로 나누어진다. 인민이 태어나면서 가정이 처한 사회계급 관계에 따라 구분되는 것이 출신 성분(가정 성분)이다. 사회 성분은 본인이 사회생활을 시작한 이후 직업과 사회계급의 관계에 의해 규정되는 성분이다. 출신 성분은 집안 대대로 물려받는 경향이 크고, 사회 성분은 직업을 근간으로 하는 분류이기 때문에 개인의 성취를 반영한다. 하지만 사회 성분은 출신 성분에 따라 그 지위가 제한된다.[35]

선발된 내무서원들은 어떤 교육을 받았을까. 내무성 후방복구연대 문화부가 정치사상 교양을 실시한 내용을 보자.[36] 전선

후방지역에서 내무성은 「신입대원들을 위한 정치상학교육 강령 송부에 대하여」라는 문건을 하달한다. 이 자료는 1. 인민군대에 대한 것 2. 민주건설에 대한 것 3. 조국해방전쟁과 당면한 임무들에 대한 것으로 나누어져 있다. 주목할 부분은 해방된 지구에서 새로 선발해 배치한 내무서원을 위한 교육강령이다. '해방지구'란 북한이 38도선 이남의 점령지역을 말하는데, 이곳에서 동원한 사람들 중에 내무원으로 선발한 사람들을 특별히 교육하는 지침이었다.

'해방지구'이지만 남한 출신자들을 내무원으로 뽑았기 때문에 이들의 성분과 출신, 계급을 조사해서 대대적인 교육을 실시한다. 신입대원들을 위한 교육강령은 선진 군사과학 습득과 규율, 군인 선서, 민주개혁의 성과, 군사규정, 미 제국주의에 관해 가르치는 것이다. 후방복구연대의 회람 문건에 따르면 교육강령의 구체적인 교육방법은 민주건설에 대한 이해와 행정학습을 위한 세미나 조직, 인민군대에 관한 토론 학습을 조직하는 것이었다.

노동당의 남한 점령정책은 그들이 전쟁을 일으킨 근본적인 이유와 맞닿아 있다. 노동당은 1950년 6월부터 1953년 7월까지 지속된 전쟁을 계급해방 또는 조국해방전쟁이라고 명명한다. 그 이유는 이 전쟁이 외세의 침략과 인민들을 예속하고 탄압하는 지배계급에 반대하는 '인민적인 전쟁'에 해당하는 것으로 보기 때문이다.[37] 북한의 논리에 따르면, 개전 초기는 민주개혁과

계급해방이 전면전을 일으킨 명분이었고, 미국이 개입해 내전이 국제전으로 확대된 이후에는 조국해방전쟁이 대의였다.

평양의 점령정책은 통치의 정당성 확보와 전시 동원이라는 두 의제로 나누어 볼 수 있다. 이 둘은 긴밀한 관계에 있는데, 김일성이 방송 연설에서 밝힌 대로 남한지역 주민은 이북의 후방지역과 마찬가지로 전시 동원 대상에 포함되었다. 노동당이 남한지역에서 국민들의 지지와 협조, 동원을 효율적으로 하기 위한 일련의 조치는 결국 통치의 정당성 문제였다.

개전 초기 강화도 상황으로 돌아가 보자. 18살의 이○○은 6.25가 발발할 때 강화중학교 4학년이었다. 강화읍 서문에 있는 먼 친척 고모 댁에서 학교에 다녔다. 사변이 난 줄 몰랐지만, 어느 날 저녁 포격 소리가 나고 방에서 잠을 못 이루고 있었다. 밤늦게 읍내에 나가보니 북쪽에서 넘어오는 사람들로 큰 길이 인산인해를 이루었다. 강화 시장에 엄청난 사람들이 모여 있었다.[38]

고향 집이 있는 양사면은 이북 쪽으로 가는 방향이었다. 이○○은 강화읍에 있는 친구들과 함께 혈구산으로 향했다. 급하니까 소를 몰고 올라가는 사람이 있고, 밥을 해 먹으려고 솥을 떼어서 지고 올라가는 사람도 있었다. 서너덧 시간이 지나고 산에서 내려온 그는 집으로 갔더니 어머니와 아버지가 기다리고 있었다. 이웃들은 피난을 떠났는데 그의 가족은 남아 있었다.

며칠 뒤 학생들에게 강화읍으로 들어오라는 연락이 왔다. 그들이 모인 곳은 공설운동장이었고 강화도를 점령한 북한은 이곳에서 인민군 환영대회를 열었다. 이 같은 행사는 남한 점령지역 곳곳에서 열렸다. 직장과 학교, 지역마다 인민군을 환영하는 대회와 궐기대회가 개최되었다. 학생과 도민들이 가득 찬 가운데 연단에 선 사람이 '지금은 인민공화국이 되었다'라고 소리치며 '김일성 만세'를 부르고 청중들의 환호를 이끌어냈다.

환영대회를 마친 학생과 시민들이 읍내를 행진하였다. 이○○은 남문 쪽에서 걸어오는 사람들을 보았다. 서대문형무소에 갇혀있던 사람들이 풀려나와서 열렬히 응원하는 걸 목격한 것이다. 그의 집안에 큰형이 되는 이가 거기에 있었기 때문에 석방되어 온 걸 알아챘다. 큰어머니 집안의 형이었는데, 그는 전쟁 이전 양사면에서 노동당에 입당해 활동한 전력이 있었다. 전쟁이 일어나기 전에 경찰에 붙잡혀간 그는 서대문형무소에 복역 중이었다. 서울이 함락되고 얼마 지나지 않아 석방된 형이 군중집회가 열린 공설운동장에 모습을 드러냈다.

개전 초기에 서울을 점령한 북한은 서대문형무소와 마포형무소를 비롯해 각 경찰서에 수감 중이던 사람들을 풀어주었다. 강화에서 보듯이 노동당은 남한 점령지역에서 인민군 환영대회를 열거나 반민족주의자들을 검거하는데 이들을 앞세워 국민들을 선동하고 선전하는 데 활용했다.[39] 이를 지켜본 시민들의 반응은 다양했다. 동원된 사람들의 눈에 세상은 그야말로 하루아침에 뒤바뀌어 있었다.

서대문형무소의 문이 열리기 직전 서울 시내에 펼쳐진 광경이다. 임방규는 서대문형무소에 갇힌 아버지의 옥바라지를 하던 중 전쟁을 맞았다. 1949년 겨울 그의 아버지 임병기는 경찰에 붙잡혀 서대문형무소에 갇혔다. 그는 1946년 10.1 인민항쟁 이후 줄곧 경찰을 피해 다녔다. 이전에도 경찰에 잡힌 적이 있었으나 지인들의 소개로 풀려난 그였다.

인민군이 서울을 점령하고 28일 새벽녘 혜화동 집을 나선 임방규는 인민군대를 환영하러 나온 시민들을 보았다. 해가 중천에 뜰 무렵 서대문을 향해 뛰어가던 그는 광화문 네거리에서 얼굴이 희고 흰옷에 비쩍 여윈 사람들이 걸어오는 것을 보았다. 감옥에서 나오는 사람들이었다. 그 중의 한 사람에게 여쭈니, 새벽에 인민군 탱크가 서대문형무소 한쪽 벽을 부수었다고 전한다. 수감자들은 이렇게 풀려났다.[40] 이○○의 형도 그 무리에 끼어 있었을 것이다.

큰집 형이 서대문형무소에 수감되어 있던 어느 추운 겨울에 이○○의 아버지는 솜을 넣은 옷을 한 벌 해서 면회를 간 적이 있었다. 서울을 다녀온 아버지가 어느 날 새벽녘 어머니에게 "서○○는 죽을 거야, 살지 못하겠어"라고 말하는 것을 그는 들었다. 면회하는데 엉금엉금 기어 나와서는 일어나지를 못하는 상태였다고 한다. 아버지는 서○○가 출소해도 병신이고 거기서 죽을 것 같더라고 말했다. 이런 큰형이 서대문형무소에서 풀려나 강화에 왔다.

반갑기는 했으나 어린 마음으로 볼 때, 그 형은 "6.25 전에 노동당에 가입했으니까" 북한이 점령한 강화에서 일등공신이었다. 한순간에 주인공이 바뀐 세계였다. 이○○의 표현대로 "세월이 변해"갔다. 그가 살던 동네에는 93가구가 있었는데 인민군이 점령하자 7가구를 제외하고 모두 노동당에 가입하였다. 강제가 있었지만 한 마을에서 7가구는 모든 이웃에서 소외되었다. "그 사람들하고 노동을 해도 품앗이도 안 하는 거야" 행정을 장악한 통치의 주체가 바뀌자 지지하지 않는 사람들은 "그런 서러움"을 받았다.

김○○은 노동당이 남한 점령지역에서 통치하는 상황을 아주 세밀하게 구술한다. 점령지에서 북쪽 사람들이 행정조직의 하나로서 자위대를 조직해 나갔다. 노동당이 주도해 치안을 담당하고 주민을 계도하는 각종 단체를 만들어 북한 정부를 지지하고 동원에 따르도록 하기 위해서였다. 김○○의 표현대로 "세상이 바뀐 거야"

자위대를 조직하는데 인민위원회의 지시에 따라 주민들이 단체에 동원되었다. 종전에 "머슴을 살았다거나 어려움을 겪은 사람, 그런 사람을 최고책임자"로 세웠다. 부락의 자위대장을 맡은 것이다. 여태까지 하층민들이 핍박받고 어려움을 겪었으니까, 또 배우지를 못했으니까 의기양양해서 분에 넘치는 행동을 하게 되는 경우도 허다했다. 계급관계에 기초한 지배전략이었다.

149

1950년 7월 22일 面자위대 간부회의

年 月 日	摘 要	傳票 番號	借 方	貸 方	貸・借	差引殘高
	前葉ヨリ繰越					

A—4

▲ 1950년 7월 22일 열린 강화군 서도면 자위대 간부회의 문건이다. 선전과 토지개혁, 8.15해방 5주년 행사, 해안 경비, 입출항, 각 리에 자위대 본부 설치를 논의한 내용이다.

북측 사람들이 들어와서는 회의를 수시로 열었다. 인적, 물적 자원을 동원해 가는 인민군의 의도를 김○○은 간파한다. 전시에 후방부대는 전선으로 물자를 보급하는 것이 중요했고 평양은 노동력이 있는 사람과 물자를 총동원해야 할 형편이었다. 동원하는데 피난 가지 못한 젊은 세대나 노동할 수 있는 사람을 데려다가 산 아래에서 참호를 파게끔 시켰다. 김○○은 건강이 나빠 나갈 수 없을 때가 많았으나, 동원되어 가는 날에는 삽질을 하였다.

1950년 여름이 지나고 가을철이 다가왔다. 경제적인 문제를 조사하는 인민위원회의 지시가 김○○의 눈에 띄었다. 감나무에 감이 몇 개나 달려 있는지 세는 모습이었다. 수수 이삭과 같은 것까지 모두 세었다. 나중에 세금을 받는데 작물의 수확량에 따라, 비율에 따라서 걷어가기 위해서였다. 이런 조치는 통치의 기반을 마련하는 점령지역 주민들에게 긍정적으로 작용하지 않았다. 김○○이 듣기에 "평상시에 세금 물고 하는 거는 그렇게까지는 안 했는데, 이거 감 숫자까지 세느냐, 이런 이야기까지" 나돌았다.[41] 대놓고 불평불만을 제기하지 못했지만 흉년이 든 그해, 농작물의 낱알을 세어 세금을 매기는 것은 아무리 그 의도가 좋아도 선뜻 지지하기 어려운 행태였다.

3. 인민위원회 시절

내무서장의 지시

지○○은 황해도 연안읍에서 가까운 곳에 고향 집이 있다. 인민군이 곧바로 점령하자마자 자치 조직이나 인민위원회를 만들기 전에 총을 가진 내무서원들이 들이닥쳐 동네를 휩쓸고 다녔다. 마을마다 가가호호(家家戶戶) 다니며 사람들의 성분을 조사하기 시작했고 내무서는 이런 일들을 머슴들에게 시켰다. 작은아버지는 경찰이었고 그는 '반동분자' 집안 출신이었다.[42]

> 동네에서 그전에 좀 살고 그러면 못사는 사람을 머슴을 뒀잖아. 머슴을 뒀는데 머슴들이 밤낮 머슴이니깐 이 내무소 놈들이 머슴들을 앞잡이를 세운 거야. 빨건 완장을 탁 차 준 거야. 머슴인데. 동네 댕기면서 이 집이 누구하고, 이 집이 뭐 하고, 뭐 하고, 죄다 가르쳐주는 거야. 우리가 허는 게 뭐냐면. 우리가 그때 작은아버지, 삼촌이 경찰 생활을 했어요. 그때 청근경찰서 해가지구서, 거기서 근무를 했는데. 이거까지 가르쳐 준거야.

군인들을 뒤이어 내무서원들이 주민들의 성분을 뒷조사한 것이다. 이상한 낌새를 눈치챈 지○○의 아버지는 숨어버렸다. 그가 사는 동네에는 10가구 정도 있었는데 모두 형편이 좋은 부유한 계층이었다. 공무원을 한 사람도 몇 집 있었다. 내무서원과 그의 부하들이 매일 마을로 와서 '반동분자'로 지목한 사람들의 동정을 캐물었다. 몸을 피한 사람들은 집에서 멀리 떨어진 으슥한 곳이나 들판에 숨었다가 캄캄한 밤에 집으로 돌아오곤 했다.

지○○의 아버지는 마을의 동태를 살핀 어머니가 내무서원들이 빠져나간 뒤에 신호를 보내면 집에 와서 밥을 먹었다. 잠을 청하고선 새벽 4시, 아직 동이 트기 전에 또 숨으러 나가는 식이었다. 경찰관 가족이니까 빨간 완장을 찬 젊은이들이 아버지를 붙잡으려고 매일같이 찾아왔다.

동원 정책이 어떻게 이루어졌는지 그 경과를 군인에서부터 살펴보자.[43] 군사위원회는 인원을 동원하기 위한 세부 규칙과 실무 지침을 정한다. 동원국 조직은 군인동원부와 운수동원부, 훈련부, 재정부로 구성되었고 군인동원부에서 동원 대상 적령자에 대한 신규 등록 절차를 마련하였다. 동원국「실무요강」세부 규정에 따라 일이 진행된 과정을 보면, 동원대상자로서 군입대에 합격한 수가 명령서에 기재된 수에 비해 부족할 경우 소정한 시간 내에 이를 보충하도록 했다.

노동당의 선전과 다르게 인원을 동원하는 것은 위로부터 직

전투명령 №71

전선지구경비사령부 서울에서

1950. 8. 12. 지도 200,000 45년이

미제국주의 침략군과 리승만 괴뢰 잔당을 반대하는 정의의 전쟁에서 애국적 조선인민들은 전선부대들을 지원하는 의용군에 참가하여 자기의 영웅성을 발휘하고 있다 그러나 이 부대에 대한 통일 지휘가 서지 못하여 곤란을 줌으로 아래와 같이 명령한다

1) 무장의용군(60%이상무장)을 수습하여 소대, 중대 지대(대대)로 조직하여 지휘에 여리한 본대들에게 배속시킬것
2) 우리본대들과 혼합하지 말고 별대로 할것이며 의용군 제 몇 지대로서 칭할것
3) 지휘는 보조지휘소 혹은 련대에서 할것이며 가까히 배치된 대대 중대에게 맡길수 있다
4) 패잔병 토벌과 해안도서 토벌전투에 동원할것
5) 본사업을 각 도에 배치된 군사동원부장과 협조하여 해결할것이며 비무장의용군은 군사동원부에서 처리한다

전선지구경비사령관 박훈일
참모장 백락칠

▲ 전선지구 경비사령관 박훈일이 군사동원부에 의용군을 처리하는 임무를 하달한 문서이다.

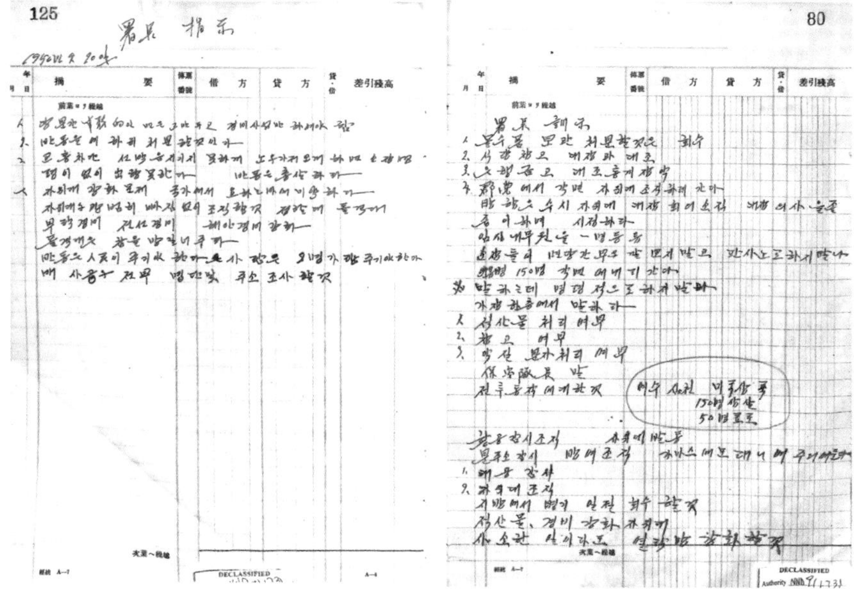
125

署長 指示

80

DECLASSIFIED

▲ 강화군 내무서장의 지시 및 훈시 문건이다. '반동분자' 처리와 자위대 강화 문제, 경비 업무에 대한 지시 내용이 들어 있다.

접적이며 강제적으로 이루어졌다. 군 병력을 동원하는 관점에서 이 정책을 평가하면, 전쟁 전 명목상 지원병제였던 군복무가 전쟁이 발발한 직후 징병제로 바뀐 것을 알 수 있다. 전시 동원 체제를 갖추면서 공장에 근무하는 노동자와 공원들은 군사증을 교부받았다. 노동자들이 군대에 징집되자 후방에서 인력이 부족해졌고, 이런 현상은 전쟁이 지속될수록 심화되었다. 북한이 대규모 노동자 수급이 필요했던 또 다른 이유는 이런 정책의 산물이었다.

강화군 내무서장의 지시 문건에서 눈여겨보아야 할 사항은

89

西島面 대한청년단 간부

前葉ヨリ繰越

직위	성명	연령	주소	현재처리
단장	이		주문 진말	도주
부단장	손		〃	入
〃	리		〃	
총무과장	박		〃 고	
조직과장	윤		주문진말	入
선전과장	김		〃	入
감찰과장	리		〃	
훈련과장	최		〃	入
건설과장	손		〃	入
총무차장	손		〃	入
조직차장	박			入
선전차장	김			
감찰차장	차			
훈련차장	김			
건설차장	김			
				入

次葉へ繰越

DECLASSIFIED
Authority NND 911731

▲ 강화군 서도면 대한청년단 간부 명단이다. 서도면은 주문도 섬 일대를 말한다.

▲ 강화도 서도면 아차리 대한청년단원을 북한 측이 작성한 명단이다.

'반동을 어떻게 처리할 것인가'하는 문제였다. 1950년 9월 20일, 미리 밝혀두자면 강영뫼에서 학살이 벌어지기 얼마 전이다. 내무서장은 1. 당분간 경비사업만 할 것과 2. 반동을 어떻게 "처분할 것인가" 3. 교통을 차단하고 분주소장의 명령 없이 선박이 출항하는 것을 금지하고 이를 어기면 총살하고 4. 자위대를 강화하여 부락과 전선, 해안 경비에 만전을 기하고 5. 뱃사공의 명단과 주소를 파악할 것을 지시한다. 지시사항 중에서 '반동분자'는 어떻게 할 것인가, 고심한 듯 보이지만 결국 '인민이 죽여야 한다'라고 70여 년 전 문서는 기록하고 있다.

노획문서에 나타나 있는 것처럼, 지역에 조직된 내무서와 자위대에서 반동분자를 붙잡아가려고 혈안이 되었다. 사람들을 잡아갈 때는 "어느 정도 질서가 잡히고 그중에" "첩보리 그럴까, 중요 인사"를 알고 처리했다. 김○○은 그들이 어느 마을에서 누구를 끌고 가야겠다, 이런 계획을 세운 뒤에 동네와 집을 뒤지는 것을 알았다. 면장을 지냈거나 유력인사이거나 명부에 오른 사람은 잡혀갔다. '나를 잡아갈 것이다' 라고 미리 예측한 사람들은 피해 숨거나 피난을 떠난 뒤였고, 다른 곳으로 가지 못한 경우는 마을 주변에 숨어 지냈다.[44]

「공작필기」 문건에서 강화군 내무서장이 내린 주요 훈시 사항을 살펴보자. 「공작필기」는 개인 수기장으로서 북한 노획문서라고 불리는 자료 중 하나다. 행정 조치와 함께 군사 활동을 포함한 내무서장의 훈시는 우선 군당에서 각 면 자위대를 조직하러 가는 내용을 알리고 있다. 다음으로 임시 내무원을 한 명 등용한 사실을 전파하고 악질분자들의 처리 여부를 확인하게끔 했다. 그는 항공감시 조직과 분주소 감시, 방어 조직, 자위대 조직은 병기를 회수할 것과 적산물 경비를 강화할 것을 지시하였다.[45]

동일한 문건철에서 북한은 강화군 선원면 내의 적대분자 명부를 작성해 관리하였다. 김○○ 면장을 비롯해 파출소 순경, 대한청년단장, 감찰대장, 대원들의 성명과 나이, 근무 기간과 출신지 등 특징, 그리고 각 리에 해당하는 소재지를 표시해두었다. 선원면뿐만 아니라 서도면 대한청년단 간부들의 직책과 명단 역시 기재되어 있다.

면 내의 리 단위에서 대한청년단 간부의 직책과 성명을 파악하고 있었던 셈이다. 통치하는 지역에서 찾아내야 할 소위 '반동분자'들을 조사해 명부를 작성한 후 검거했다. 북한 편에 선 사람들이 행정을 장악하고 패권을 쥐었다. 치안을 담당하고 경찰지서를 접수한 그들은 '반동분자' 색출에 나섰고, 붙잡은 사람들 중에 일부는 강화읍 산업조합 창고에 수감하였다.[46]

노동당은 '반동분자'를 붙잡기 위해 어떻게 했을까. 노동당은 서울을 점령한 직후 본격적인 작업에 나섰는데, 2만 4,000명 정도의 치안 부대를 점령지역에 분산 배치한다. 주요 요인을 체포하는 것은 정치보위부가 맡았고, 내무서와 각종 사회단체가 동원되어 일을 해나갔다.[47] '반동분자'를 검거하고 인민재판에 세우기도 했다. '반동분자'는 계급관계에서 정치범을 포함하는 적대세력이었으나 이런 범주는 지역으로 갈수록 애매해졌다.

적대분자와 투쟁 대상

강화도를 포함해 인천지구를 장악한 군부대 역시 '적대분자' 검거에 나섰다. 군부대가 장악한 지역에서 담당 지구 내의 사회질서를 유지하고 방어 임무를 수행하기 위한 조치였다. 그들이 점령지역에서 먼저 실시한 것은 군사 활동에 방해되거나 국군에게 정보를 제공하는 주민들을 솎아내는 작업이었다.

인천지구의 경비를 담당한 인민군 제317군부대 현준일 부대장은 1950년 7월 31일 '경비명령'을 예하 부대에 하달한다. 이 부대는 인천지역의 군수공장 경비와 서울-수원 방향으로 이동하는 인원과 교통을 통제하는 것이 주된 임무였다. 통치와 관련해서 중요한 사항은 간첩 분자, 탐지 분자, 과거 악질분자, 국방군(국군), 경찰들의 패잔병을 적발하는 것이었다.[48]

평양이 반동분자를 선별하는 기준은 정치적이면서 계급관계 중심이었다. '반동분자'를 색출하고 검거하는 데 내무서와 인민위원회, 자위대, 민주청년동맹이나 민주여성동맹 같은 조직을 총동원하였다. 검거한 사람들은 노동당 위원회 소속 판정위원들이 그들의 '죄'를 판정하였고, 인민재판에서 형량이 정해지는 경비명령 No. 극필ㄷ.

제317군부대참모부 1950. 7. 31. 인천각에서.

본부대는사단장명령에의하여 수도서울의 현관인 인천항방어임무를접수하고 전 인천위술사령부 제23보련과 교대하여 기본상부대들을 배치완료하고 방어임무를수행하고있다.

이와관련되여 우리부대는 인천지구내의 사회질서를 유지하며 위술임무를 담당하게되는바 나는인천시내의 사회질서를 급속히 재정돈유지하며 중요공장들의 보호를위하여. 다음과같이 명령한다.

1) 제2대대는 보병3중대를 북경(   )화약공장경비를위하여 배치하고 주야경비를 배치하야 화약공장을 보위하되 파괴분자들의 침입을 방지하며 항공폭격으로부터 공장을수비할것

2) 인천시지구일대의 사회질서를위하여 군인들의 군풍기 단속을위하여 자동총중대에서는 1개소대의 인원으로서 인천시 경무부에 배치하야 사단보안대에서 파견하는 경무원들과 함께 경무순찰을 실시하되 그의 임무는다음과같다

ㄱ. 인천시내의 질서를유지하기위하여 통행은 반듯이 우측통행을하도록할것

ㄴ. 간첩분자. 탐지분자. 및 과거악질분자. 국방군 경찰들의 패잔분자들을 적발포로할것

ㄷ. 인민군. 보안대. 그타부대에속하여있는군인들의 비군인적행동. 군중규율위반행위. 군사규율 풍기문란현상을 적발하며. 제때에 추궁하며 대책을강구할것

ㄹ. 적항공래습시 시내통행인원 우마차. 자동차등의 피신대책과 야간등화관제를 감독 독촉할것

3) 서울. 수원방면으로부터의 인천시에의주 혹은 그타 용무로서 들어오는 인원. 우마차. 자동차 및 인천에서 나가는 인원. 우마차. 자동차 들의 검사를 강화하며. 위험자를 적발체포하기위하여 기관단총중대에서는 인천에서 수원. 서울가는도로교차점에 교통차단기를 제작하고. 매일 5명의인원으로서 배치하여 임무를수행할것

4) 이상배치완료는 1950. 7. 31. 22시까지이다

5) 보고는 매일 6시. 12시. 18시. 24시에 전령병으로하며 특별한사항이있을시에는 즉시로보고할것

제317군부대장 현춘일

참모장 지합식

1

▲ 제317군 군부대장 현춘일이 간첩분자와 국군 패잔병을 소탕할 것을 지시하는 문건이다.

방식으로 처리하였다. 노동당은 '반동분자' 처리에 왜 이렇게 혈안이 되어 있었을까. 자신들의 정권을 위협하는 적대세력으로 보았던 것은 분명하다. 한 국가의 정치공동체 구성원에 대한 계급적 동질성과 체제 안정 측면에서 이 문제를 볼 수 있다.

정치보위부에서 인민들의 계급관계에 따라 적대세력을 어떻게 규정하였는지 보자. 정치보위부의 「정치보위사업지도서」는 주민들의 성분을 나누어 '반동'이나 적대분자를 처리하는 지도지침서이다.[49] 인민들에 대한 사상검열과 감시는 정치보위부에서 담당하였는데 이 기관은 통제와 감시, 대적 관계를 치밀하게 진행하였다. 이 지도서에 따르면, 정치보위사업은 전복된 적대 계급들의 무장 폭동, 테러, 간첩 행위, 파괴, 해독 선전선동 등 정부에 대항하는 음모와 책동을 미연에 적발해 처단함으로써 공화국 주권을 정치적으로 보위하는데 그 목적이 있었다.

정치보위부는 남한의 반동 경찰과 헌병, 정보기관, 반동 정당사회단체 조직체계와 간부, 악질분자 명단을 수집하도록 지시한다. 명단에 작성될 대상으로 지목된 부류는 친일파와 민족반역자, 반동 정권의 간부, 반동 정보기관, 경찰, 헌병, 반동 정당사회단체 간부, 밀정, 빨치산과 혁명가를 탄압하는 방조자, 공화국 주권을 반대하는 비밀결사나 테러·파괴행위자, 민심을 교란하는 삐라·요언, 선전선동자, 자본가, 지주, 목사, 신부를 포함한 교역자 등이었다. 지역 정치보위부에서는 체제에 비협조적인 인사들을 관리하면서 민주개혁에 반대하는 청년단원을 검거하고 반공유격대를 토벌하였다.

인천의 사례는 시사하는 바가 크다. 노동당이 시민들의 성분을 중심으로 통치하는 정책의 단면을 보여준다. 인천시 정치보위부는 남한의 경찰 출신이나 인천시와 관내 근무자들을 체포한다. 「체포자 및 자수자 예심표」에는 개별 해당자에 대한 구체적인 행적이 드러나 있다.[50] 체포된 사람들이 작성한 「고백서」에는 북한 출신으로서 남한의 경찰에 복무한 사람이 있는데, 이런 경우 노동당의 처사는 앞서 본대로 인민재판과 판정위원의 결정으로 매우 가혹하게 이뤄졌을 것이다. 점령지역을 통치하는 측면에서 보면, 노동당은 경찰 출신을 '즉결처분'하려 했다. 반면, 뒤이어서 보겠지만 서울과 경기도에서 사상적으로 별 탈이 없는 사람들을 이북으로 이송하려고 했다.

「국내정치보위사업지도서」에는 위에서 제시한 조직에서 간부와 악질분자의 명단을 작성하도록 했다. 구체적으로 1. 해방전 친일파와 민족반역자 2. 북반부에서 도주한 악질분자 3. 반동정권 내 간부 및 악질분자 4. 반동 정권기관 경찰, 헌병 5. 반동 정당사회단체 간부 및 악질분자 6. 괴뢰기관 밀정 7. 빨치산과 혁명가 탄압을 방조한 자 8. 공화국 주권을 반대하는 비밀결사 또는 개인이 자발적으로 반란, 테러, 파괴, 해독 행위를 획책하는 분자 9. 공화국 시책을 반대하며 민심을 교란하기 위한 삐라, 요언, 기타 선전선동을 하는 자 10. 전복된 적대계급을 방조하고 공화국 시책을 비난 또는 방해하는 분자 11. 리승만 괴뢰

▲ (검거) 대상자 명부이다. 강화군에서 북한 당국이 검거할 대상으로 지목한 사람들의 명부이다. 경찰서장을 비롯해 순경과 면장, 정보원 등이 망라되어 있다.

도당을 방조한 자본가, 지주, 목사, 신부 등 악질 교역자를 구체적으로 적시하였다.[51]

문서는 검거해야 할 대상자들을 적발하고 처단하기 위하여 1. 투쟁 대상에 침투하여 거처 등 정보를 획득하고, 2. 인민들을 활용해 주거지를 탐색하여 감시하며, 3. 취합된 정보를 검토한 후 구체적인 계획과 기술적인 방법으로 수색, 체포할 것을 지시하고 있다.[52] 노동당은 '투쟁 대상'을 체제에 반대하는 세력으로 간주하고 전시에 이들을 매우 구체적으로 파악해 체포한 후 조치하였다.

인민군이 남한을 점령한 기간에 따라 또 지역마다 차이는 있지만, 노동당은 전쟁 발발과 동시에 38도선 이남에서 인적·물적 자원을 총동원하기 위해 각종 선전 활동을 비롯해 많은 노력을 기울였다. 남한지역은 북한의 선전과는 달리 민중들의 지지를 이끌어내는데 실패했고 이북의 강력한 사회통제는 오히려 전시 정책에 대한 불만과 이탈로 나타났다.[53] 인민위원회를 비롯한 각급 행정기구의 활동은 통치의 기반을 효과적으로 조직할 수 있는가에 따라 좌우된다. '반동분자'와 '투쟁 대상'에 대한 검거와 처리는 북한 정권을 지지하는 남한 국민의 호응을 폭넓게 이끌어내지 못했다. 소극적인 동원에 머문 이유라고 해야 할 것이다.

4. 납북과 전출

이북으로 데려가다

이희석의 선친에 대한 행방을 좇아보자. 이호성(李豪性)은 전쟁이 일어나고 인민군이 이북으로 후퇴하면서 납북되었다. 1952년 피납치자 명부에 기록된 내용은 다음과 같다. 44세의 이호성은 강화군 하점면 창후리 641번지에 주소를 둔 면농회장이었으며, 납치일은 1950년 9월 23일이다. 사위대원에게 자택에서 납치당했다.[54] 6.25전쟁 납북피해진상규명및납북피해자명예회복위원회는 그를 공식 납북자로 인정하였다.[55] 전쟁이 일어나고 얼마 뒤 강화를 점령한 인민군은 지주와 반공산주의자, '반동분자'들을 데려다 창고에 가두었다.

사리원 농업학교를 졸업한 이호성은 전쟁이 일어난 무렵에 하점면에서 농회장을 맡은 지주였다. 아들의 증언에 따라, 북한 "사람들 얘기로 허면은 반동분자지. 부르조아 반동분자"였다. 아버지는 농회장을 하면서 어업에 손을 댔는데 '배를 부렸다.' 선주였던 셈이다. 인민군이 강화도를 점령하자 '반동분자'가 되어버린 이호성은 하점분주소(지서)에 끌려간 후 산업조합 창고에 구금되었다. 지역의 유지되는 사람들은 다 붙들려가서 "매

질"을 당했다.[56]

아버지가 읍내 산업조합에 갇혀있을 때 아들은 밥을 날랐다. 흰옷을 입고 있었던 아버지를 기억한다. 1950년 초등학교 5학년 때였다. 유엔군이 인천에 상륙하고 서울을 향해 점령해가자 강화에 있는 인민군도 후퇴하게 된다. 9.28 서울 수복 직전 인민군은 '반동분자'들을 한 곳에 집결시켰다. 아들의 증언대로 노동당이 후퇴할 무렵 이호성은 북쪽으로 끌려간다. 아들은 송해면 당산리를 거쳐 철산리로 이송되는 아버지를 먼발치에서 바라보았다. 철산리에는 바다 건너 이북의 황해도로 가는 포구와 뱃길이 있었다.[57]

> 9.28 수복이 되니까 한참 들락날락 허는 판이지. 그럴 때 강화읍으로 전부 집결을 시켰어요. 각 면에 있는 반동분자들을. 지금 저 강화슈퍼. 산업조합에다가 각 면에서 붙들어온 반동분자들을 수용한 거야 거기서. 그래서 내가 우리 아버지를 사식, 밥을 해 다 드린 거야, 이제. 어디로 끌고 갔냐면은 아마 내 생각에는 철산리 거기서 해청이 가까우니까. 개풍군에 해청이라는.

노동당이 남한 사람들을 왜 데려갔는지, 납북에 대한 이해가 필요하다. 노획문서와 북한 자료에서 볼 때, 이남에서 이북으로 데려간 지식인을 비롯한 주요 인사들과 노동자 등, 납북과 관련한 자료는 세 가지로 나누어 볼 수 있다. 첫째, 노동당 결정서와 최고인민회의 상임위원회 정령, 군사위원회 결정 등 남북에 대한 노동당의 정책이 나타나 있는 문건이다. 둘째, 정치보위부와 내무성(내무서, 분주소), 각 기관의 지시와 보고를 담은 명령서철과 문건이다. 셋째, 북한이 남한지역을 점령한 후 지역 인민위원회와 당위원회, 자치위원회의 사업보고서 등 행정사무와 관련한 문서이다.

북한이 남한의 지식인들을 데려가기 위해 노력한 것은 해방 직후부터 시행한 정책이다. 1946년 7월 31일 김일성은 남조선에 파견되는 일군들과 나눈 담화에서 "민주조국 건설"에 필요한 지식인이 이북에 부족한 상황을 설명하고 있다.[58] 평양은 정치 체제를 수립하기 위한 각종 제도적 조치를 취하면서 고급인력이 많이 필요해졌다. 김일성이 필요한 분야로 언급하는 인력은 대학교원과 학자, 경제 전문가들이었다. 그들은 교육과 과학뿐만 아니라 문학예술을 발전시키는 데에도 지식인이 부족해 애로를 느끼고 있었다.

이와 같은 정책은 해방 후 새로운 정부를 수립하는데 많은 지식인이 필요해졌기 때문이다. 교육과 과학기술분야에서 지식인의 확충은 일제 강점기에 고등교육을 받은 조선인이 턱없이 부족한 실정임을 감안하면, 대학 교육의 중요성을 미리 간파하고 이에 대한 대책으로서 남조선 인테리들을 데려오도록 한 것임을 알 수 있다.

한반도가 38도선을 기준으로 점점 분단이 되어가자 자유로운 교류가 제한되고 인적 왕래도 줄어들 수밖에 없었다. 공교육이 신생국가의 가치관을 전파하는 제도적 수단임을 감안할 때, 김일성과 북조선 임시인민위원회 역시 이에 대한 중요성을 충분히 인식하고 있었다.

노동자 전출과 남한에서 시행한 노동자 규율은 북한에서 이루어진 조치의 연장선에 있다.[59] 노동당은 서울·경기지역의 노동자들을 이북으로 이송한다. 그 이유는 후방지역에서 근무할 노동자들이 부족하기 때문이었는데 각종 군수시설과 공장, 기업소에서 전투를 지원하기 위해서는 부족해진 노동력을 메꾸어야 했다.

납북은 두 가지 유형으로 나누어 볼 수 있다. 우선은 남한의 주요 인사들에 대한 '모시기 공작'이다. 고위 요인들을 대상으로 체포, 연행하는 작전이 '모시기 공작'이었다. 이 계획은 군사위원회의 결정에 따른 것인데, 1950년 6월 28일 군사위원회는 「남반부의 정치 경제 사회계 주요 인사들을 포섭하고 재교양하여 그들과 통일전선을 강화할 데 대하여」라는 결정을 채택한다.[60]

군사위원회는 북한에서 전시 최고주권기관이다. 전쟁을 개시한 다음 날 1950년 6월 26일 조선민주주의인민공화국 최고인민회의 상임위원회는 군사위원회 설치를 의결한다.[61] 군사위원회는 전시상태 선포와 군인·노력·물자동원, 전선원호사업 등을 실시해 총동원체제를 구축하였다. 노력동원은 각 분야에서 이루어졌고 농촌의 면 단위 인민위원회는 가용한 모든 인력과 생산 물자를 총동원하였다. 이러한 정책적인 뒷받침은 점령지인 '남조선'에서까지 인력 동원으로 이루어졌다.

군사위원회는 주요 인사들을 다섯 가지 기준에 따라 분류한다. 첫째, 북한 정권 수립에 참여한 남한의 정당과 사회단체로서 1949년 6월 25일 결성된 '조국통일민주주의전선'에 가담해 남한에 잔류한 인사들이다. 둘째, 남한의 행정부와 국회, 정당·사회단체에서 활동하면서 북한에 동조한 사람들이다. 셋째, 1948년 4월 남북정치협상에 참여한 정당·사회단체 지도자와 개별 인사들이다. 넷째, 각 분야에서 활동하는 사람들 중에 자수하거나 자발적으로 협력하는 사람들이다. 다섯째, 연행하거나 체포해야 할 인물들이다.[62]

북한은 주요 인사들의 자수를 독려하기 위해 신문을 활용한다. 1950년 6월 30일 서울시 임시인민위원회는 고시 6호를 발표하여 "자기의 과거 죄과를 청산하고 조선민주주의인민공화국 정책을 적극 지지하며 조국 통일에 헌신하려는 자는 시 내무부 또는 시 내무서에 과거 자기 죄과 내용과 함께 자수 청원서를 제출하면 과거 죄과 여하를 불문하고 용서한다"라고 밝혔다.[63] 여기서 지목하는 대상자는 국회의원과 정당인, 행정 공무원, 경찰, 법률가, 언론인으로서 남한의 고위 인사들이었다.

점령 당국은 7월 중순에 접어들면서 더욱 강도 높은 자수와 포섭에 나선다. 남한의 주요 인사들에게 '자수'할 것을 권유하

悔改한自首者包攝

서울市人委에서告示發布

自動車, 政黨等은五日까지登錄하라

에 돌려라 (金日成)

반동에 남겨논 재물 인민위원회에서 보관

▲ 서울시 임시인민위원회가 자수를 권고하며 고시한 기사. 『조선인민보』, 1950년 7월 2일.

는 기한을 7월 20일로 명시하고 촉구한다. 서울시 임시인민위원회는 『로동신문』과 『조선인민보』에서 "아직까지 자수하지 않은 사람들은 일체의 신원이 보장되니 20일까지 성남 그릴로 올 것"이라고 시한을 정했고, "만약 본인이 오지 못할 경우에는 대리인이 먼저 연락해도 무관하다"라는 방법까지 제시하였다.[64]

어찌되었건, 노촌 이구영 선생은 '모시기 공작'에 가담해 중요한 임무를 하게 된다. 선생이 맡은 일은 군사기밀이 아니라 주요 요인들의 거취에 관한 정보였다. "국회의원이나 정치인들의 소재와 동향을 파악해서 그들을 데려오도록 조치하는 일이" 주된 임무였다. 통일정부를 선포하기 위해 국회의원들을 모으고 국회를 소집하기 위해서였다. 그는 서울 명동에 대륙공사라는 간판을 내걸고 작업했다. 소재가 파악되어 대륙공사에 오게 된 국회의원들은 인천상륙작전이 시작하기 이틀 전에 트럭에 실려 북으로 떠났다.[65]

노동자 '전출사업'

다음은 노동자들을 이북으로 이주시키는 정책이다. 납북과 성격이 조금 다르지만, 노동당은 후방에서 부족한 노동력을 남한 국민들로 채우기 위해서 '전출사업'을 벌인다. 전쟁이 발발한 이후 약 1년간의 노동력 동원에 관한 사항이 자세히 담긴 선동원들의 수첩 내용을 보자. 1951년 5월 기준으로 "조선인민의 영웅적 투쟁"을 기록한 이 자료는 남한의 노동자나 주요 인사들을 이북으로 옮기는 것을 밝히는 데 중요한 단서를 제공한다.[66]

문건에서 1950년 8월 서울시에서만 1만 2천여 명의 여성들이

북한 당국의 노력동원에 이끌려 생산직장에 진출한 것으로 밝혀졌다. 이들은 후방에서 군수품과 생활필수품을 생산하는 현장에 종사했다. 인원에 대한 명확한 근거가 제시되어 있지 않으나 개전 초기로 한정해서 말하자면 '남반부' 국민을 이북으로 이송하기 위한 정책이 비교적 순조롭게 진행된 것을 알 수 있다. 노동당은 후방지역에서 부족한 노동력을 확보하기 위해 남한 점령지 주민의 '전출사업'을 전략적으로 실시한다.

전출은 서울을 떠나 이북으로 가는 것을 의미하는데, 시민들을 설득하는 것이 문화선전사업의 주요 업무였다. 서울 시내 각 구의 선전사업에서 '전출'이 중요한 과제로 떠올랐다. 직업동맹 전국평의회 문화부의 사업보고에 따르면, 「문화부사업 일과보고서」에는 '전출사업' 결의대회가 서울 시내 곳곳에서 열린 것을 볼 수 있다.[67] 결의대회는 각 구별 또는 개별 기업마다 실시하였는데, 가두에서 전출을 결의하고 그 의의를 시민들에게 해설하면서 선전선동하는 방식이었다.

모집한 전출 희망자를 모두 이북으로 보낸 것은 아니다. 그들 중에서 국군과 경찰 가족이 있는 것을 의심한 노동당은 엄밀한 조사를 지시하고 있다. 1950년 8월 13일자 「문화부사업 일과보고서」에 따르면, 동대문 청량리 시장 근처에서 90여 명의 청중들에게 이북의 노동자들과 전출 이후의 좋은 생활을 설명하면서 선전하는 장면을 볼 수 있다.

1950년 8월 초순부터 10여 일간 진행한 이 사업에는 서대문과 성동, 중구, 성북구, 동대문, 용산, 마포(지구)에서 발생한 전출자 수와 의용군으로 입대한 수를 보여준다. 전출자는 총 1,106명인데 이 중에서 의용군은 74명에 지나지 않았다. 의용군으로 입대한 인원보다 이북으로 이송된 인원이 훨씬 많았다.

노동당은 노동자들을 선별하고 또 이들의 성분을 검열한 후 후방으로 데려갔다. 그 이유는 이북지역에는 남한의 간첩들이 활동 중이었고, 공장과 기업소의 생산 현장에서 태업과 같은 반동 행위가 일어났기 때문이다. 남한의 국민을 38도선 북쪽으로 이주시키는 것은 매우 신중한 조직사업이었다. 선동원 수첩에서 여러 차례 강조하고 있듯이, 김일성은 후방에서 벌어지는 사보타지에 대해 노동자와 인민들을 관리하는데 주의를 기울이라고 지시하였다.

논란은 북한이 집행한 '전출사업'이 단순한 이주가 아니라는 사실이다. 보는 관점에 따라 납북, 납치로 볼 수 있는 행태가 있었다. '모시기 공작'은 더욱 이런 조치에 가까웠다. 1951년 12월 24일 주한미국대사 존 무초(John Joseph Muccio)가 유엔군전방사령관에게 발송한 전보문에 따르면, 서울과 지방에서 납치된 주민은 총 2만 7,133명이고 전체 실종자는 9만 229명에 이른다. 이들 중에서 다수는 본인의 의사가 아닌 북한의 강제 조치에 따라 억류된 사람들이었다.[68] 주한미국대사관의 아서 에먼스(Arthur B. Emmons)는 유엔군이 서울을 수복한 후 작성한 문서에서 서울 거주자 중 2만여 명이 실종된 것으로 보고하였다.[69]

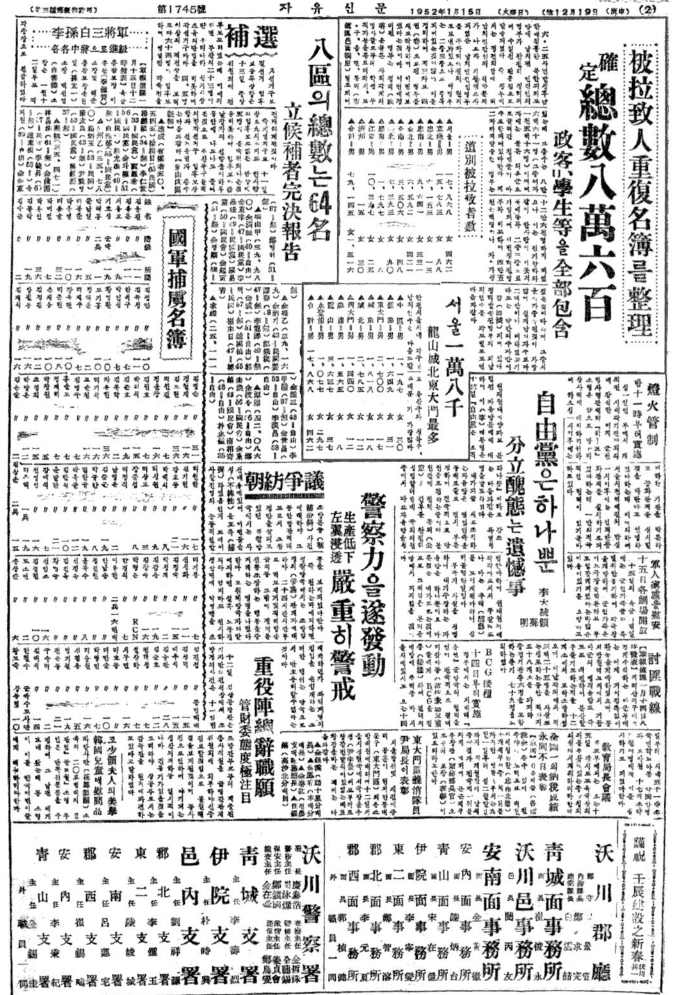

第1745號 자유신문 1952年1月15日

被拉致人重復名簿를整理

確定 總數八萬六百

政客、學生等을全部包含

道別被拉致者數

서울一萬八千

龍山城北東大門最多

八區의總數는64名

立候補者完決報告

選補

國軍捕虜名簿

燈火管制

自由黨은하나뿐

分立醜態는遺憾事

警察力을遂發動

生産低下 左翼浸透 嚴重히警戒

朝紡爭議

重役陣總辭職願

管財委態度極注目

▲『자유신문』, 1952년 1월 15일 석간. 전시 중에 정부가 중복된 피납치인 명부를 정리해서 확정한 인원은 8만 6백명이었다. 정객과 학생 등을 전부 포함하였고 도별 피납치자 수를 실었다.

점령지역에서 북한은 공장과 각종 시설에 대한 노동자들의 규율을 결정하지 않을 수 없었다. 중요한 것은 노동당이 주장하는 노동법령이 1946년 이후 추진되어 이룬 성과를 제시하고 있는 점이다. 평양의 의도는 전시에 이북으로 이송된 노동자들의 권리를 보호하고 이들에 대한 대책을 선전하는 데 그 의미가 컸다. 아울러 남한지역에서도 북한의 노동규율을 적용해 지지를 얻으려고 한 측면에서 이해할 수 있다.

노동법령은 노동자와 사무원들에게 노동규율을 준수하도록 의무를 규정해 노동에 대한 근로자들의 새로운 관계를 반영하는 것이다. 이 법령은 노동계급의 해방을 가져오면서, 노동규율을 정립해나가고 국가건설을 촉진하는 제도적 요인이었다. 남한에서 이 법령을 실시하는 것이 갖는 의미는 피압박계층이었던 근로대중을 북한의 정치공동체 주체로 전환시키는 데 있다. 이런 맥락은 전시에 매우 강조되었지만 실제 노동 현장에서 얼마나 실효가 있었는지 알 수 없다.

이북으로 전출된 남한 출신 사람들이 노동당의 바람처럼 성실하게 일한 것은 아니다.[70] 기업소나 공장에 배치된 사람들 중에 도주자나 노동당의 정책에 반대하는 여러 형태의 이탈자들이 나타났다. 내무서 분주소에서 범인 검거를 의뢰한 문건을 보면, 전출한 노동자들이 기업소나 공장에서 이탈한 경우, 이들을 검거하도록 요청한 정황을 알 수 있다.[71]

납북은 다음과 같이 두 가지 정책적인 면에서 살펴볼 수 있다. 첫째, 북한이 전쟁을 일으키고 통일과정에서 필요한 고위 인사를 납치해간 경우다. 이는 정치인이나 국회의원 등 남한의 고위 인사들을 주요 대상으로 한다. 다음은 후방에서 부족한 노동자를 확보하기 위한 '전출사업'이다. 기업소에서 군수물자를 생산하는데 많은 인력이 필요했고, 부족한 노동력을 확보하기 위해 주로 서울·경기지역 노동자를 이북으로 이주시켰다. 1950년 가을 전세가 북한 측에 불리해지자 많은 사람들이 북쪽으로 후퇴했는데, 노동당은 필요한 사람들은 데려갔으나 북한 체제에 반대하는 사람들은 '처리'하고 떠났다.

시간의 뒤안길에 묻힌 강영뢰 사건을 재구성한다.
하나의 사건이 어떻게 반공 담론으로 포장되는지 쫓아가보자.
73인은 누구인가, 아직 풀리지 않는 의문이 남아있다.
전세가 바뀌어 북한이 후퇴하면서 벌이는 학살과 인민군 전선사령관의 명령을 되짚어본다.
첩보활동의 무대가 되는 강화도와 교동도, 휴전 이후에 남한과 북한 사이를 오가며
끝자락에 선 사람들을 소환한다.

3장

공동체의 비극

1973.12.20 國際勝共報에 揭載

1. 시간의 뒤안길

73인은 누구인가

강영뫼는 어떤 곳일까. 강화의 지명유래에 따르면 강영뫼는 산고재 남쪽에 있는 골짜기를 말한다.[1] 하점면 창후리와 양사면 인화리가 접한 경계이다. 하점면은 강화도의 서북단에 위치하고 창후리는 북단 포구마을에 자리 잡고 있다. 별립산 서쪽 방면 아래로 향하면 원래 순의비가 세워진 곳에서 대략 1Km 정도 북쪽으로 산길을 걸어가면 발견할 수 있는 골짜기다. 강영뫼 골짜기가 있는 곳을 이곳 주민들은 중외산이라고 부르고 학살 현장은 산중턱이면서 얕은 골이 파인 곳에 해당한다. 중외산은 별립산 아래에 있는 동네의 작은 야산인 셈이다. 지도에는 등록되어 있지 않은 지명이다.

이곳에서 사망한 사람들을 비교적 정확히 파악할 수 있었던 것은 이병년이 지속해서 밝혀내었기 때문이다. 무명씨 8인을 제외하면 유가족들이 시신을 수습하였다. 여러 가지 곤란한 사정에도 불구하고 사망자 명단이 만들어졌다. 기록에 따르면 피해자 수에 대해 다른 의견이 있는 듯했으나, 이병년은 인민군이 점령했을 때 북한 측을 도운 것으로 알려진, 인화리에 거주하는

▲ 1966년 12월 2일 제막식 때 양사면 인화리에 세운 순의비. 사진은 『강화공보』 1967년 5월 5일에 실린 것이다. 아래 사진은 현재 송해면 하도리로 옮겨진 순의비 전경과 측면 모습이다.

최○○과 또 다른 사람들의 목격을 구전으로 확인했다.

사건이 벌어진 날의 배경과 상황을 재구성해보자. 개전 초기부터 산업조합 창고에 갇혀있던 사람들이 꽤 있었다. 1950년 9월 17일 인민군과 노동당이 후퇴를 시작할 무렵 내무서에 구금된 인원은 800여 명에 이른 것으로 기록되어 있다.[2] 27일경에는 북한이 후퇴하면서 수백 명을 강제로 북송하였다. 인민군이 후퇴하기 전야, 27일 밤 11시경에 구금된 사람들을 포박해 무장대원 6명이 섬의 북쪽으로 끌고 간다. 그들은 야밤의 30여 리 서북(西北)간 산길을 따라 서산 잔월을 밟는다.

다음날 새벽, 양사면 인화리와 하점면 창후리 강영뫼에 도착하자 인솔한 무장대원들이 미리 파놓은 구덩이에 사람들을 몰아넣는다. 산기슭에 미리 파놓은 구덩이는 인민군이 만들어놓은 가로 1m, 세로 50m, 깊이 1m에 해당하는 참호이다.[3] 구덩이가 참호라는 사실은 미군 전범조사보고서(KWC)에 있는 내용이다.

사건이 일어나고 5일 후 무더위 속에 산산이 찢긴 시체들은 변질되어 그 형체를 알아볼 수 없을 정도였다. 죽이는데 사용한 도구는 총과 삽으로 알려져 있고, 일부 기록은 강제로 동원된 부락 노인들이 가세해 생매장한 것으로 전한다. 73인은 "포박된 몸"이었다.[4] 망자(亡者)의 시신은 참혹했다.[5]

사망한 사람들은 어떤 활동을 했을까. 강화면 관청리 출신의 김대식(金大植)은 심도직물공업 공장장으로 일한 유지였다. 진실화해위원회 조사에 의하면, 그는 인민군이 점령한 뒤 곧바로 내

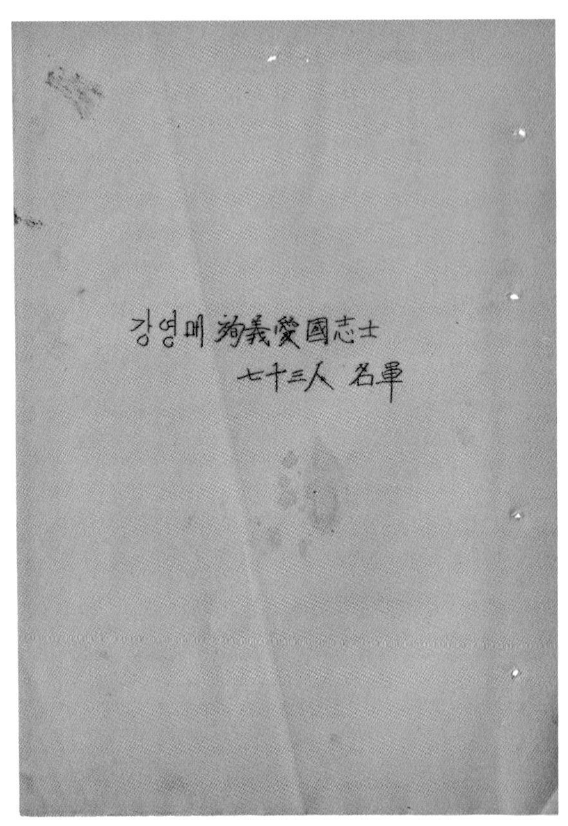
강영메 殉義愛國志士
七十三人 名單

▲ 1967년 제2회 위령제를 앞두고 유가족 간담회에서 각 면 유족대표를 선정하여 그들이 확인한 희생자 명단이다.

[illegible] 당시 [illegible] 반

공 활동적 [illegible] 하다가 이곳 한구덩이에서 집단 학살 당한 73명의 애국지

사 명단.

번호	성 명	주 소	유가족 성 명	본인과 의관계	가족 수	비 고
1	이춘식	양사면 인화리 526	전귀례	처	3	
2	곽성근	" " 585	전수례	"	3	자.곽희찬
3	곽성욱	" " 965	유순디	"	"	
4	구영복	" " 529	곽은규	자	"	
5	구희농	" " 536	김순오	처	"	
6	곽상욱	" ' [illegible]	[illegible]	처	"	
7	최정기	삼산면 민범리	민갑나	자	"	
8	김기재	선운면 금월리	[illegible] 고욱현	처 모	4	
9	최수택	" 금월리	김성식	부	5	
10	김성재	" "	김옥지	형	1	
11	김성수	" "	김계창	부	2	
12	김성복	" "	김계창	"	"	
13	김영때	" "	이복례	"	"	
14	이경용	" "	이동일	부	5	
15	곽[illegible]농	" 장이 "	박[illegible]	모	5	중녀
16	고상곽	" "	한종오	처	2	
17	이갑상	" "	이인석	장남	5	
	고[illegible]		고상그	자		

번호	성 명	주 소	유가족 성 명	유가족 과의관계	가족 수	비 고
18	고단경	선원면 창 리	고상구	자	5	
19	이승규	" 선 리	홍옥님	처	4	
20	윤현기 (윤신규)	" "	이가지	"	5	
21	이범주	" "	김탐실	"	3	
22	김형택	" "	김자우	장서	1	
23	윤일균	" "	윤종수	자	6	
24	윤희균	" "	김남례	처	4	
25	홍용문	" "	홍순복	자	3	
26	김용택	" "	김자길	자	5	
27	장동근	" 신정리	장순시	자	4	
28	유권식	" "	나희순	처	4	
29	종장순	하점면 장화리	조수순 종성수	처 자	3	
30	김유창	" 신봉리	김진수	자	3	
31	김유중	" "	김남수	자	3	
32	김유선	" "	조기순	처	3	
33	나홍대	" 부근리	나순[illegible]	형	3	
34	송신근	양도면 조산리	송능근	장남	3	
35	민용기	" 건평리	민[illegible]수	"	3	
36	손범선	" 삼흥리	손동시	자	3	
37	박승진	"도면 문산리	박희태	제	6	부.박윤길.제 박희태는 삼산고 면 교장.

번호	성 명	주 소	유가족 성 명	본인과 의관계	가족 수	비 고
38	천영구	화도면 건동	천야섭 천외섭	장남 차남		장자.천야섭은 영윤중서 공산.차자. 천외섭은.서울동제동521의4통약탑정학 학수시 차자 공청장
39	정상진	" 내 리	정[illegible]섭 임수재	자 처		
40	노정우	" 상방리	노유자	장여	2	
41	김용운	" 장화리	김금순	"		
42	심창운	강화면 근정리 611	심복근	부	7	
43	김대식	" " 565	김문덕	모	3	
44	김종운	" " 330	김창경희	모		
45	김문식	" " 441	박필화	처	2	
46	정기옥	교동면 봉소리	정규남	형	3	
47	윤별길	" "	황삼순	형수	5	
48	신도균	" "	박화순	처	4	
49	신[illegible]	" "	권순님	처	3	
50	신용균	" "	신무성	부	4	
51	전도관	" "	전준수	부	4	
52	신경근	" "	김수녀	모	2	
53	신강수	" "	정정순	처	4	
54	김학호	불은면 삼동암리	김학독	형	3	
55	박종식	" "	박춘식	형	3	
56	유무식	" "	유숙자	장녀	3	
57	남궁덕	" "	이난희	처	3	
58	고성순	" 고란		모		

"

번호	성 명	주 소	유가족 성 명	본인과 의관계	유가 족수	비 고
59	구병회	불은면 고란	구월서			구월서는 부평보건소에 있는데 불명
60	홍두실	송해면 송정리	홍재실	자	2	
61	김동식	길상면 장흥리	김기열	자	2	
62	김양목	" "	강정애	처	4	
63	윤춘대	" 온수리	윤재미	장남	3	
64	염선장	" ~~염영철~~	염영철	자		
65	조충운	송해면 숭뢰리				비석에서 누락됨

비고. 무명씨 8명은 당시 인수자가 나타나지 않았고 그후 군에서 조사하나 유가족이 나타나지 않음으로 부득이 부근 주민에 의하야 근처에 가 매장한채 금일에 이르렀음.

12월 1일 송 10월 30일 제 24회 합동 위령제 때 참합했던 유가족 간담회에서 각면 대표를 선정 기념탑은 여하함. 위로구입 기금으로 유가족 매인당 1000 원씩 서금키로 했다. 남기 구정을 말임.

교동면. 신동균. 양사면. 곽희찬. 하점면. 종성시. 선원면. 윤종근. 길상면. 염영철 / 화도면. 박희태. 양도면.송용천.

무서원들에게 잡혀가 산업조합 창고에 갇혀있었다. 제적부에는 1950년 9월 20일 인화리에서 사망한 것으로 기재되어 있으며, 가족들이 시신을 수습했다.[6] 아버지가 집에서 끌려가는 장면을 아들 김흥태는 목격하였다.

한 사람 한 사람씩 그들의 행적을 소상히 알 수 없다. 연행되어 간 날을 정확히 확인할 수도 없다. 후대가 전하기를 그들은 "반공대열에 투신하여" "지하운동으로 적정을 아측에 제공"한 '반공애국지사'들이다. 인민군을 보충하는 의용군 초모(招募)사업을 방해하거나 공산주의 사상이 확산되는 것을 방해하고 국군에게 강화군의 정세를 알려주었으며, 우익들이 탄압을 받거나 음모가 꾸며지는 일을 제공하는 "눈물겨운 활동을 전개"하였다.

강화군 송해면 하도리 산5번지에 형태가 조금 남다른 비가 세워져 있다. 비의 전면에는 순의비 세 글자가 선명하게 조각되어 있고 옆면에는 사망자의 성명이 새겨져 있다. 『강영뫼 순의자 칠십삼인(七十三人) 위령행사 추진 관계서류철』에 기록된 사망자 명단과 『강화사』에 수록된 성명에는 차이가 있다.[7] 강영뫼 순의자 명단과 유가족 관계, 주소지, 비고란의 내용은 1966년 이후 매년 위령제가 열리는 때 보충한 사항을 추가한 것이다. 사망자 명단은 『강영뫼 순의자 칠십삼인(七十三人) 위령행사 추진 관계서류철』에서 정리한 사망자의 인적 사항을 기준으로 한다.[8]

풀리지 않는 의문

희생자의 명단을 보자. 곽영봉은 1970년에 작성한 『강영뫼 순의자 칠십삼인(七十三人) 위령행사 추진 관계서류철』에는 곽영복으로 표기되어 있고, 진실화해위원회 조사에서 제적부 상으로는 곽승봉(郭承鳳)이다.[9] 곽영봉은 본래 이름 외에 다르게 부르는 이명(異名)에 해당한다. 곽영봉의 아들 곽춘규는 서류철에는 곽준규로 표기되어 있다. 단순한 오기로 볼 수 있다. 전요환은 서류철에는 전표한으로 되어 있고 김학오는 김학호로 기록되어 있다. 두 사람의 성명은 단순히 실수라고 본다. 황용문은 진실화해위원회 조사에서 호적상 황용운(黃龍沄)으로 기재되어 있다.

진실화해위원회 조사에 따르면 고상곽(高相郭)은 당시 27세였으며, 농사를 짓고 공장을 운영했는데 청년단에서 활동했다. 기독교인이었으며 1950년 8월 14일(음) 붙잡혀갔는데 산업조합 창고에 갇힌 아버지에게 어머니가 밥을 날랐다고 한다. 양사면 인화리에서 시신을 수습하였고 8월 19일(음)을 기일로 하고 있다. 제적부에는 1950년 9월 20일 인화리 산에서 사망한 것으로 되어 있다.

고만영(高萬泳)은 55세였고 선원면 창리에서 농사를 지으며 교회에 다녔다. 전문에 따르면 그는 읍내 산업조합으로 끌려간 후 강화중앙교회 남쪽 홍○○ 자택에 갇혀있었는데, 1950년 8월 18일(음) 양사면 인화리에서 새벽녘에 총살되었다. 가족들이 시신을 수습했다.

선원면 연리 출신의 이승국(李承國)은 35살이었는데 마을 이장으로 일했다. 그는 강화읍 내무서(경찰서) 내무서원에게 붙잡혀 간 후 사망했는데, 가족이 양사면 인화리에서 시신을 수습했고 제사는 8월 19일(음)에 지내고 있다. 제적부에는 1950년 10월 20일 인화리 산에서 사망한 것으로 기재되어 있다.

윤연기(尹蓮基)에 대해 진실화해위원회는 호적상 윤경균(尹庚均)으로 기재하였다. 그는 40세의 목수이자 선원면 연리에서 대한청년단장으로 활동했다. 길상면 초지리에 있는 외가에서 붙잡힌 그는 선원면 분주소에 감금된 후 인화리에서 사망한다. 유가족이 시신을 수습하였는데 제사는 8월 17일(음), 제적부의 사망일은 1950년 9월 29일이다.

윤일균(尹一均)은 진실화해위원회 조사에 따르면 호적상 윤천기(尹泉基)로 기재되어 있다. 35살의 그는 선원면 연리 마을에서 반장을 맡았는데 불은면 해변가에서 인민군에게 붙잡혀 선원면 분주소에 수감되었다. 시신을 수습하지 못하였고 제사는 8월 17일(음), 사망일과 장소는 1950년 10월 20일 철산리 부근이라고 되어 있다. 선원면 연리에 거주하던 윤희균(尹希均)은 가족들이 시신을 수습했고 8월 15일(음)에 제사를 지내며 1950년 9월 29일 인화리 산에서 사망할 때 40살이었다.

73명의 사망자 중에는 하점초등학교 교사 세 사람이 있다. 강영뫼에서 신원이 확인된 교사 세 사람의 인사발령 자료를 신

本籍	京畿道江華郡河岾面新鳳里七二四番地			
住所	京畿道江華郡河岾面新鳳里七二二番地			
姓名	金裕讚 (印)	生年月日	檀紀四二六○年四月一五日	
檀紀	月	日	履歷事項	發令序
四二七七	五	六	京城中東中學校第四學年中退	
四二七九	八	一三	京畿公立師範學校附設夏季學校全科修了 第五二号	京畿道
四二七九	九	二○	河岾公立國民學校教員을 囑託함 給月 三四○示	仝
四二七九	一二	三○	文教部第一回冬季大學全課程을修了 第一二六八号	文教部長
四二八○	二	二八	京畿道初等教員試驗檢定에合格 第七二号	道初等教員試驗委員長
四二八○	二	二八	教務上形便에依하야本職을免함	京畿道人事處
四二八○	二	二八	任京畿道公立國民學校訓導를命함 給月 三八○示	仝
			河岾公立國民學校訓導를命함	
四二八○	四	一	河岾公立國民學校教師를命함 八級(一階段)	京畿道人事處
四二八二	八	一	國民學校條件付正教師資格證을授함 第一八一號	文教部長
四二八二	八	一六	대敎育協會主催第一回講習會修了(三五時間)	대敎育協会
四二八三	一	二七	檀紀四二八三年度冬季學校修了 教育大時間 其他六時間 第六三号	京畿道冬季學校長
四二八三	九	二五	共產傀儡軍에게拉致되어갔	

本籍	京畿道江華郡河岾面倉后里七四一番地			
住所	右仝			
姓名	金興○ (印)	生年月日	檀紀四二五九年九月二十二日	
檀紀	月	日	履歷事項	發令廳
四二七九	六	三○	仁川公立工業學校機械科(三年)修了	工業學校
四二七九	八	一七	江華郡教育會主催夏季講習修了	教育會
四二七九	八	二三	京畿道學務局主催初等教員採用試驗에合格	學務局
四二八○	二	二○	河岾公立國民學校教員을囑託함 給月五四○圓	人事處
四二八一	二	二九	京畿道初等教員資格試驗에檢定에合格(一、一六九号)	試驗委員長
四二八一	六	三○	河岾公立國民學校教師를命함	人事處
四二八一	一一	一一	八級(一階段)	
四二八一	八	二八	京畿道主催夏季講習會를修了 (一四三号)	京畿道
四二八二	一	二○	京畿道冬季學校를修了(一七五号)	冬季學校
四二八二	八	一	國民學校條件付正教師資格證을授함	文教部長
四二八三	九	二十五	共產傀儡軍에게拉致되어갔	

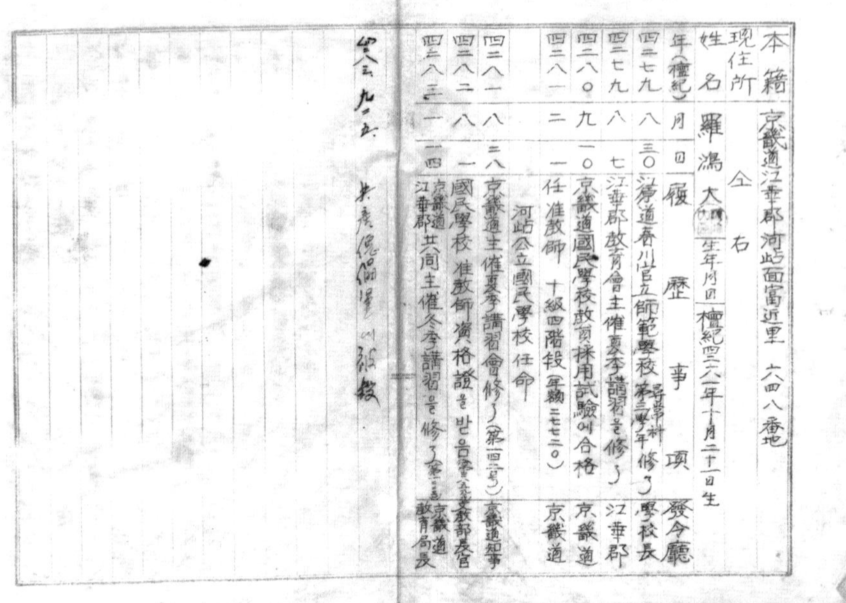
本籍 京畿道江華郡河岾面富近里 六四八番地
現住所 仝右
姓名 羅鴻大 生年月日 檀紀四二六八年十月二十一日生

年(檀紀)	月	日	履歷事項	發令廳
四二七九	八	三〇	江原道春川公立師範學校 第三學年修了	學校長
四二七九	八	七	江華郡教育會主催夏季講習을修了	江華郡
四二八〇	九	一〇	京畿道國民學校教員採用試驗에合格	京畿道
四二八一	二	一	任准教師 十級四階段(年俸二七七〇) 河岾公立國民學校任命	京畿道
四二八一	八	二八	京畿道主催夏季講習會修了(第四四号)	京畿道知事
四二八二	八	一	國民學校准教師資格證을받음	文教部長官
四二八三	一	一四	京畿道江華郡共同主催冬季講習을修了	京畿道教育局長
四二八三	九	二五	共產傀儡軍에拉致	

▲ 문서의 순서대로 하점초등학교 김유찬, 김흥교, 나홍대 교사의 인사발령자료이다.

는다.[10]

교원인사기록에 있는 사항을 훑어보자. 1927년 4월 15일 경기도 강화군 하점면 신봉리 724번지에서 태어난 김유찬(金裕讚)은 1947년 2월 28일 경기도 초등교원시험검정에 합격한다. 1947년 4월 1일 하점공립국민학교 교사로 부임해 1949년 8월 1일 국민학교 조건부 정교사 자격증을 취득한다. 그해 8월 26일 새교육협회가 주최한 제1회 강습회를 수료한 그의 마지막 기록은 1950년 9월 25일 "공산 괴뢰군에 납치되서 감"으로서 끝난다.

1926년 9월 22일 경기도 강화군 하점면 창후리 741번지 출신의 김흥교(金興敎)는 1946년 8월 7일 강화군교원회가 주최한 하계강습을 수료하고 8월 22일 경기도 학무국이 주최한 초등교원 채용 시험에 합격한다. 1948년 2월 29일 경기도 초등교원자격 시험 검정에 합격한 그는 그해 6월 30일 하점공립국민학교 교사로 발령받는다. 같은 해 8월 28일 경기도에서 주최하는 하계 강습회와 이듬해 1월 24일 경기도 동계학교를 수료한 그는 8월 1일 국민학교 조건부 정교사 자격증을 취득한다. 1950년 9월 25일 그 역시 "공산 괴뢰군에 납치되서 감"으로 기록은 마친다.

1928년 10월 21일 경기도 강화군 하점면 부근리 648번지에서 태어난 나홍대(羅鴻大) 교사는 1946년 8월 30일 강원도 춘천관립사범학교 심상과(3년)를 수료하고, 그해 8월 7일 강화군교원회가 주최한 하계강습회를 수료한다. 1947년 9월 10일 경기도 국민학교 교원채용시험에 합격한다. 1948년 2월 1일 하점공립국민학교 임명받은 후, 8월 28일 경기도가 주최하는 하계강습회를 수료하고 이듬해 8월 1일 국민학교 준교사 자격증을 받았다. 1950년 1월 14일 경기도와 강화군이 공동으로 주최한 동계 강습을 수료한 그의 행적은 9월 25일 "공산 괴뢰군에 납치되서 감"으로 마감한다. 제적부에는 1950년 9월 28일 인화리에서 사망한 것으로 되어 있으며 시신을 수습하지 못하였다.[11]

세 명의 교사는 전쟁 초기에 붙잡혀가지 않았을 것이다. 인사기록으로 보건대 그들은 인천상륙작전 이후 끌려가서 살해되었을 가능성이 크다. 그들이 6월 28일경부터 3개월 가까이 붙잡혀 있었다면 전쟁 이전의 행적이 문제가 되었을 것이다. 노동당이 말하는 '반동분자'였다면 개전 초기에 검거되었을 가능성이 크지만, '납치'된 것으로 기록한 인사자료로 볼 때, 인민군이 퇴각하기 직전에 붙들려 간 것으로 볼 수 있다. 추론은 인민군이 장악한 기간 동안 어떤 형태로든 그들에게 저항했을 가능성이다.

사망자 중에는 강화군청 직원이 포함되어 있다. 인천상륙작전 이후 9월 하순, 북한이 강화도 전역에서 후퇴하기 시작한다. 이때를 기회로 인민군이 점령했을 때 피난을 가지 못한 군청 직원 여럿이 모여 건물에 태극기를 게양하고 업무를 개시하려고 했다. 남아 있던 인민군과 내무서원들이 군청 직원 11명을 색출한 뒤 그중 7명을 하점면 창후리 중외산 밑의 참호에서 학살하였다.

『강화사』에 기록된 군청 직원은 다음과 같다.[12] 홍재용(洪在龍), 김태운(金泰雲), 이경용(李璟容), 남궁택(南宮垞), 조병석(趙秉錫), 이윤현(李潤賢), 이철봉(李哲峰)인데 이 중에서 『강영뫼 순의자 칠십삼인(七十三人) 위령행사 추진 관계서류철』에서 성명이 확인되는 사람은 이경용과 남궁택 둘 뿐이다. 진실화해위원회 조사에서 군청 직원으로 밝혀진 사람은 유두식(兪斗植)과 김종원(金鍾源)이 있다.[13]

강화군에서 후퇴하는 북한 인민군과 내무서원, 지역에서 활동한 좌익세력이 벌인 학살은 진실화해위원회 조사에서 일부

밝혀져 있다. 진실화해위원회는 '강화지역 적대세력 사건'을 조사하면서 '순의비에는 55명의 명단과 11명의 무연고 무덤이 있었다'고 밝혔다.[14] 이것은 1981년에 이전하면서 순의비에 새긴 사망자 명단을 기준으로 한 것이다.

진실화해위원회는 이 사건을 '양사면 인화리 중외산 사건'으로 표기하였고 『강화사』에서는 '중외산사건'(中外山事件)으로 기록했다.[15] 이병년이 작성한 『강영뫼 순의자 칠십삼인(七十三人) 위령행사 추진 관계서류철』과 각종 증언으로 보면 강영뫼 사건과 동일하다. 문제는 사망자로 확인된 사람 중에서 이북으로 끌려가 죽은 사람들이다.

이병년이 남긴 『강영뫼 순의자 칠십삼인(七十三人) 위령행사 추진 관계서류철』과 순의비 건립과정이 기록된 자료, 『강화사』의 문헌에 따르면 사건 현장 강영뫼는 양사면 인화리와 하점면 창후리 경계에 있는 골짜기이자 별립산의 서북 방향 능선 아래에 있는 곳이다. 진실화해위원회는 사망자들의 시신을 '중외산 중턱에서 수습한' 것으로 규명했다. 이병년의 손자 이희석이 가리키는 강영뫼 골짜기가 마을 사람들이 부르는 동네 야산 중외산 중턱이다.

강영뫼 사건과 관련된 내용을 살펴보자. 진실화해위원회는 '강화지역 적대세력 사건' 조사에서 사망 장소를 기준으로 1) 양사면 인화리 중외산 중턱에서 고상곽 등 38명이 희생된 것과 2) 개성 송악산에서 신도균 등 13명이 희생된 사건으로 나누었다. 진실화해위원회는 1950년 9월 29일부터 30일 밤부터 새벽 사이에 인민군과 내무서원이 양사면 인화리 중외산 중턱에서 43명을 죽인 것이라고 밝혔다.

진실규명을 신청한 대상자는 38명이고 미신청인 대상자는 5명이다. 진실화해위원회는 무명씨 8명을 제외한 65명의 사망자 중에서 진실규명을 신청한 대상자 신도균(申道均), 신복언(申福彦), 신용균(申龍均), 전표환(全杓煥), 신경균(申慶均), 신양수(申良秀), 정규옥(丁奎鈺), 윤병길(尹炳吉)을 인민군이 살해한 것으로 추정하였다.

앞서 언급한 무명씨 8명은 시신을 찾아가지 않았거나 수습하지 못하였는데, 이들은 모두 교동면 출신자들로서, 벽보 사건의 희생자로 알려져 있다. 진실화해위원회가 조사한 벽보사건의 경위는 벽보 붙이기와 삐라를 살포한 것이다.[16] 결국 이병년의 생전 전언이나 『강영뫼 순의자 칠십삼인(七十三人) 위령행사 추진 관계서류철』과 「강영뫼 순의자 칠십삼인(七十三人)의 위령비 건립 그날까지」 자료에서 전혀 드러나지 않은 내용은 순의비에 있는 10명이 이북으로 끌려가 개성 송악산에서 희생된 것이다. 그들은 강영뫼에서 희생당하지 않았다.

2. 하나의 사건에서 담론으로

비를 세우고 위령제를 지내기 시작한 지 수 년째, 1966년 첫 위령 행사를 지낸 이후 73인의 이름은 이병년의 표현대로 '공산사상의 오염을 방지'하는 상징으로 불린다. 1970년대에 접어들면 사망자들은 목숨을 걸고 향토를 방위한 '반공호국정신'의 표상이 된다. 위령제는 계속되고 박정희 유신체제를 전후해 반공은 더욱 기세를 부린다.

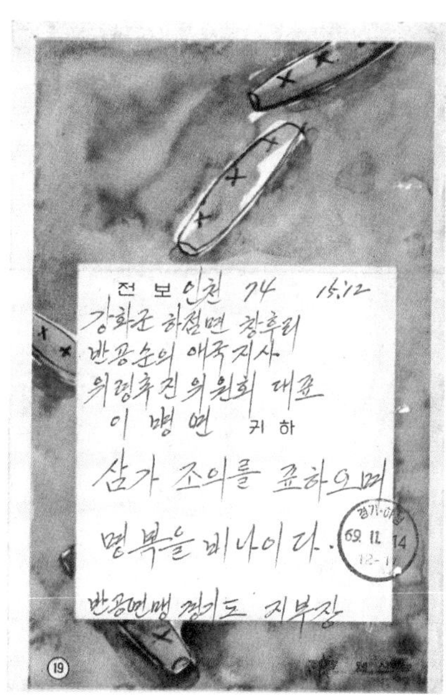
전보 인천 74 15.12
강화군 하점면 장흥리
반공순의 애국지사
위령추진위원회 대표
이병연 귀하
삼가 조의를 표하오며
명복을 비나이다.
반공연맹 경기도 지부장

◀ 1969년 제4회 위령제에 한국반공연맹 경기도지부장이 보낸 조전이다.

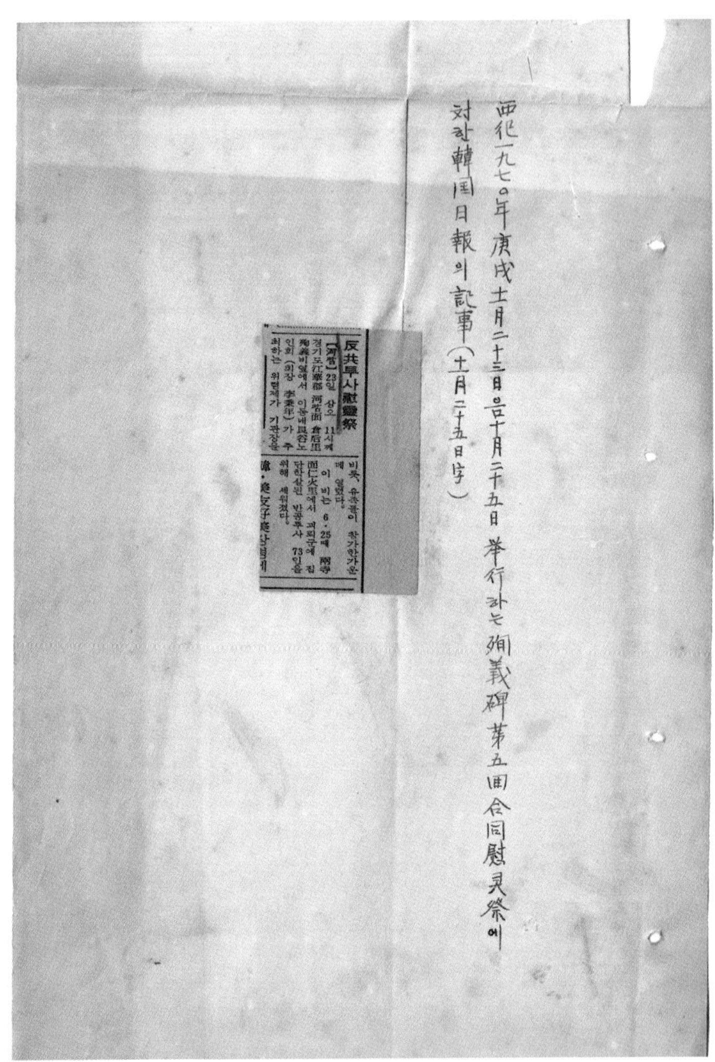
西紀一九七〇年庚戌十一月二十三日음十月二十五日挙行하는殉義碑第五回合同慰灵祭에
대한韓国日報의記事(十一月二十五日字)

反共투사慰靈祭

[[illegible]] 23일 상오 11시께 경기도江華郡 河岾面 倉后里 殉義비앞에서 이동네長谷노인회(회장 李秉年)가 주최하는 위령제가 기관장을 비롯, 유족들이 참가한가운데 열렸다.

이 비는 6·25때 兩寺面仁火里에서 괴뢰군에 집단학살된 반공투사 73인을 위해 세워졌다.

▲ 한국일보 1970년 11월 25일자 기사. 1970년 11월 23일 거행한 제5회 합동위령제에 대한 기사를 이병년이 편철하고 수기로 남긴 기록이다.

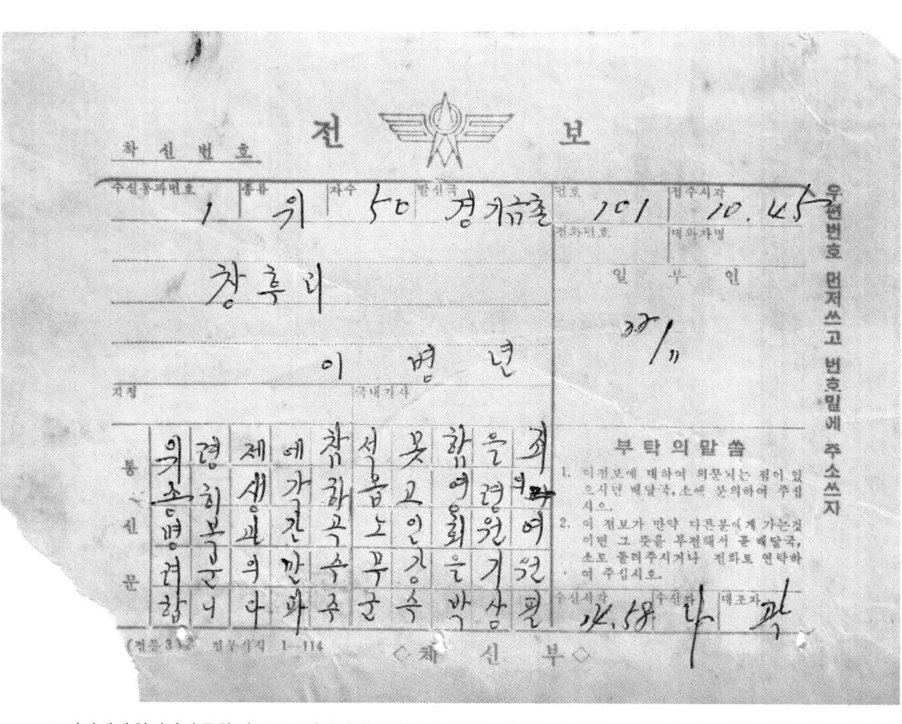

착신번호 전 보

수신통과번호	종류	자수	발신국	번호	접수시각
1	위	50	경기파주	101	10.45

전화번호 대화가명

창후리

이병년

일부인

지정 국내가사

통신문

위령제에참석못함을죄
송히생각하옵고여경의
병복과간곡노인회원여
러분의만수무강을기원
합니다파주군수박상필

부탁의말씀

1. 이전보에 대하여 의문되는 점이 있으시면 배달국, 소에 문의하여 주십시오.
2. 이 전보가 만약 다른분에게 가는것이면 그 뜻을 부전해서 곧 배달국, 소로 돌려주시거나 전화로 연락하여 주십시오.

수신시각 14.58 수신자 대조자

(저품 3) 전문서식 1—114 ◇체 신 부◇

우편번호 먼저쓰고 번호밑에 주소쓰자

▲ 위령제에 참석하지 못한 파주군수 박상필이 보낸 전보. 날짜는 확인할 수 없으나 서류철에 포함된 앞 뒤 문서를 참고하면 1970년일 것으로 추정한다.

追 悼 辭

NO. 1.

義롭게 살겠다고 不義에 항거하여 내고장을 지켜주신 72분 故人의 英靈앞에 전표두는 그데들의 유족과 함께 머리숙여 명복을 빕니다

돌이켜 생각할때 지금으로부터 22년전 즉 피비린내나는 6.25 동난이 나던 1950년 9월, 음력 8월 추석을 전후하여 그데들은 맨주먹으로 내고장은 내가 지키겠다고 한데뭉쳐 악랄한 그들의 총칼과 맞서 싸웠지요. 힘이 모자라 우리들은 산속으로 바닷가로 바위틈으로 심지어는 콩밭고랑에 피신하였지만 끝내는 붙잡혀 가진 고문을 당했으며 마침내는 이 창오리 뒷산을 비롯한 여러곳에서 말없이 쓸어졌읍니다 그당시 그데들의 나이는 20전후의 피끓는 壯士며 꽃다운 靑春이였읍니다 생각하면 생각할수록 가슴이 찢저지도록 슬프기만 합니다 나와 같이 자리를 같이 했던 그데들의 이름이나 불러 보겠읍니다.

NO. 2.

전표한, 신보균, 신도균, 신명균, 신경균, 신양수, 윤대길, 정규옥, 그외 영영들 고이잠드소서

그데들은 살아있는 우리들을 이끌어 주는 義士이며 勇士인 동시에 우리고장의 등불 입니다.

우리들은 그간 현대화 물결에 발맞추어 끊단없는 전진을 계속 반전의 터전을 튼튼히하여 후진국이라는 허물은 벗었읍니다. 그래서 우리고장도 감곶이는 다리가 놓여 섬이 육지로 변하고 도로는 포장되고 갯벌을 막아 논 밭을 만들어 지도가 고쳐지게 하고 소득도 늘어 아무고 쓰라렸던 "보리고개"라는 말도 없어지고 서울에서 교통까지 하루에 왔다 갔다 할수 있게 되였읍니다 그리고 전기도 들어 왔읍니다

고히 잠드신 우리고을의 등불인 영령들이여 우리는 보람찬 내일을 위해서 현실에 알맞는 제도를 마련하여 국민 모두가 행복하게 잘 살수있고 우리의 숙원인 조국의 평화통일을 앞당길수 있도록 10월 유신에 너도 나도 앞장서고 있읍니다.

NO. 3.

더 잘살아 보자는 10월 유신에 우리고을이 앞장서겠끔 그데들의 많은 가호와 채찍질 있기 바라면서 끝맺겠읍니다.

1972. 11. 16.

육군대령 전 표 두

▲ 1972년 제7회 위령제에서 전표두 대령이 준비한 추도사 전문이다.

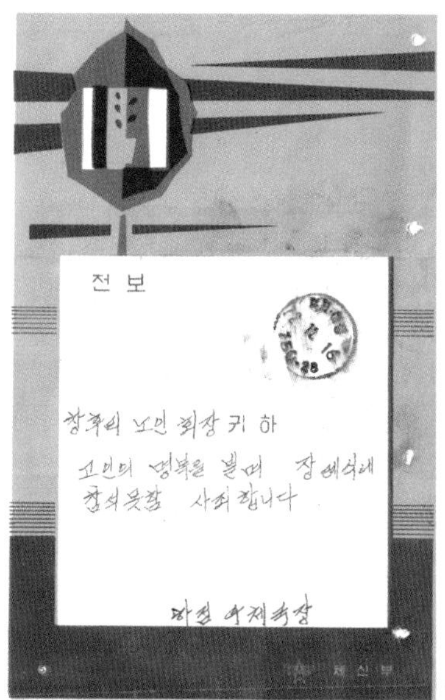

전 보

창후리 노인회장 귀하

고인의 명복을 빌며 장례식에
참석못함 사죄합니다

하점 우체국장

체 신 부

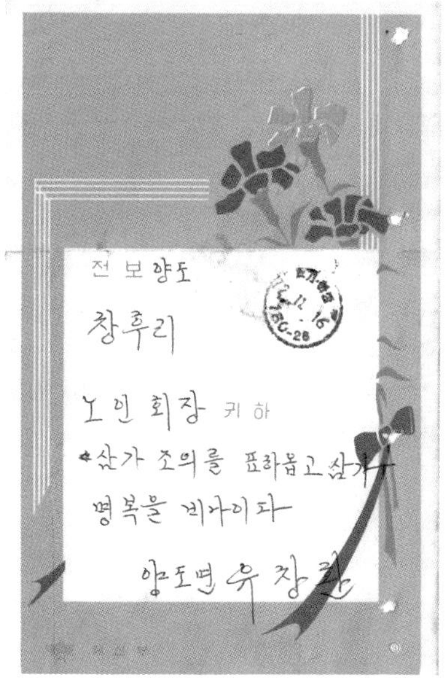

전 보 양도

창후리

노인회장 귀하

삼가 조의를 표하옵고 삼가
명복을 비나이다

양도면 유창환

체 신 부

▲ 1972년에 열린 위령 행사에 하점우체국장과 양도면 유창환 씨가 위령제에 참석하지 못함을 안타깝게 여겨 이병년에게 보낸 전보이다.

招請의 말씀

現下 國內外情勢로 보아 그 어느때 보다도 反共하는 마음가짐과 總和團結이 要請되는 가운데 江華降靈 뫼에서 殉義하신 英靈들의 거룩한 뜻을 기리고져 아래와 같이 第11回 慰靈祭를 擧行하오니 公私間 多忙하시겠지만 꼭 參考하여 주시기 바랍니다

記

1. 日 時: 1976年 11月 24日 (陰曆 10月 3日)
水曜日午前 11時

2. 場 所: 江華郡河岾面倉后里
江華降靈뫼殉義碑앞뜰

1976年 11月 10日

江華降靈뫼 殉義碑管理責任者
李 秉 秊
全 杓 斗

▲ 1976년 11월 24일 예정인 제11회 위령제에 이병년과 전표두 두 사람 명의로 작성한 초청장이다.

招請의 말씀

祖國近代化와 民族中興의 莫重한 課業을 遂行하는 此際에

滅共하는 마음가짐이 그 어느때보다도 要請되어 6.25 当時 江華降灵뫼에서 殉義하신 英灵들의 거룩한 뜻을 기리고저 아래와 같이 第12回 慰灵祭를 奉行합니다. 公私間 多忙하시드라도 꼭 參席하여 주셨으면 感謝하겠읍니다

記

1. 日時: 1977年 11月 13日 (陰 10月 3日)
午前 11時

2. 場所: 江華郡 河岾面 倉后里
江華降灵뫼 殉義碑 앞뜰

1977. 10. 31

江華降灵뫼 殉義碑管理責任者
李秉奎
金构斗

▲ 1977년 11월 13일 개최 예정인 제12회 위령제 초청장이다.

1973년 12월 20일자 『국제승공보』에 실린 위령제 행사와 그 후기를 실은 기사를 훑어보자. 언론이 보도한 위령제는 "미미한 촌민의 신분으로 시국을 개탄한 나머지 반공대열에 투신용약하다 숨진 원혼들의 넋을 위령시킴은 생존자의 당연한 도리일 뿐 아니라 이 뜻을 기리어 반공사상고취, 민족정의 앙양을 위한 교훈" 그 자체였다.[17]

1973. 12. 20 国際勝共報 에 揭載

포승에 묶여 残月을 밟고…

▲『국제승공보』 1973년 12월 20일에 실린 강영뫼 사건과 위령 행사에 관한 기사이다.

기사를 따라가 보자. 1973년 11월 24일 오전 11시부터 강화도 하점면 창후리에 위치한 순의비 앞뜰에서 24년 전에 향토를 지키기 위하여 목숨을 버린 73인 "애향애국지사"의 위령제가 행해졌다. 기사에서 알려진 대로 위령제는 다음과 같은 취지로 거행되었다. "9.28수복 직전에 목숨으로 향토를 지킨 73인의 지고지순한 반공 호국정신을 추앙하고, 이들의 정신을 후세에까지 면면히 계승하기 위해서 순의비를 세우고 해마다 위령제를 행하여 왔"다. 행사는 「강화강령뫼 순의비」 관리책임자 이병년과 전표두(全杓斗) 두 사람이 주도해왔다.

신태섭 강화군수와 김이규 강화경찰서장, 이관우 교육장을 위시하여 각 기관장과 향토예비군, 인근의 초·중학생 300여 명이 참석한 가운데 열린 위령제는 전표두 대령의 사회로 진행되었다. 개회사가 있은 후 이병년 제주(祭主)의 강신(降神)으로 시작한 위령제는 73인의 충혼에 대한 경례와 헌작, 독축, 추도사, 헌화 및 분향, 묵념, 인사, 폐식의 순서로 진행되었다. 신문이 전하는 바에 따르면 이병년은 80세의 고령으로서, 9.28 당시 "공산주의자의 무자비한 학살과 그들의 만행을 목격한 분"이다. 그가 국제승공연합의 활동에 상당한 관심을 보이고 있는 것으로 기사는 전한다.

순의비 관리책임자의 한 사람으로 등장하는 전표두는 강화도에 주둔한 적이 있는 군인이다. 신문 보도에 따르면, 1973년 당시 육군본부 의무감실 기획과장으로 재직 중이었다. 전표두 대령은 24년 전 인민군에게 체포되어 “73인과 함께 죽을 수밖에 없는 사선을 뚫고 탈출에 성공한 사람”이라고 기사에 소개되어 있다. 9.28 즈음해 강화지역에서 활동 중인 국군 장교가 인민군에게 붙잡혀 민간인들과 함께 처형될 위기에서 혼자 구사일생했다면, 지역 사람들에게 제법 알려졌을 것이다. 이 사실은 이병년이 그동안 기록한 자료와 증언에 나타나지 않는 보도이다. 확인이 필요한 언론보도인 셈이다.

한국국제승공연합이 발행하는 신문이 『국제승공보』이다. 국제승공연합은 통일교가 1968년 1월 13일 만든 국제 민간조직으로서 1970년대는 한국과 일본, 미국을 중심으로 활동하고 있었다.[18] 1968년 6월 6일 국제승공연합 강화군지부가 창립되었다. 반공산주의 활동을 목표로 한 국제승공연합은 승공사상으로 조국통일을 실현하는데 그 목적이 있었다. 공산주의 이론에 관한 학술연구와 비판, 자유민주주의 이상을 추구하는 것이 목표였으나 실제는 반공산주의 운동이 이 조직의 주요 활동이었다.[19]

강영뫼 사건이 어떤 방식으로 반공 담론이 되는지 기사 내용을 보자. 국제승공연합은 공산주의자들의 만행을 고발하는 ‘승공정신’의 모범으로 이병년과 전표두 두 사람을 내세웠다. 그들은 “공산주의자들의 모순된 만행을 직접 피부로 체휼했기 때문에 누구보다도 철두철미한 승공정신으로 굳어져 있음으로 인해서 주위의 반대와 비협조를 무릅쓰고 순의비를 세웠던 것”이다. 이런 해석은 앞서 보았던대로 이병년이 처음 비를 세우려고 한 의도와 비슷하다. 그는 '승공정신'이라고 명하지 않았지만 북한과 반공을 동일하게 보는 관점은 거의 차이가 없다.

중요한 것은 다음 장면이다. 위령 행사가 끝난 후 반공 강연이 시작되었다. 내외 귀빈과 참석자들이 모인 자리에서 설용수 강사는 24년 전 "목숨을 걸고 조국을 지키다 숨진 애국지사들의 정신을 이어받아야 한다"라고 전제한 후, 최근의 국제정세와 공산주의의 동향을 말하면서 국난에 처할 경우 목숨을 걸고 싸울 수 있는 승공이념의 무장이 시급하다고 역설한다. '공산주의 반대 운동'에 역량을 쏟아붓고 있는 국제승공연합의 활동을 엿볼 수 있다.

위령제는 1973년이 8회째였고 남한은 반공을 제일로 여기는 군사정권이 독재정치를 하던 때였다. 박정희가 유신체제를 구축하고 국민들을 가장 억압하던 때 순의비는 반공산주의를 상징하는 기념물이었다. 이때 묘사하는 6.25와 북한, 그들이 남한을 점령해서 저지른 일들은 "만행"일 수밖에 없다. 북한 "공산주의자들의 불법 남침으로 인한 6.25"는 살육의 기간이었다. 심지어 기사는 "그 당시 공산당원이 아닌 자는 동물 취급을 당했다"라고 보도한다.[20]

계속해서 신문은 사망한 73인의 행적을 이렇게 읊조린다. 이 지방의 '반공애국지사'들은 공산당원의 무상몰수, 인권유린, 살인, 약탈, 감금, 폭행 등 이루 헤아릴 수 없는 만행에 분노하여 분연히 일어나 반공투쟁에 가담했다. 이들의 활동은 적정을 무전으로 아군에 제공하고, 일반인이 공산주의 사상에 감염되는 것을 방지하며, 방송으로 아군의 정세를 알리고, 공산당원들이 우익을 탄압하려는 음모를 사전에 통고하는 것이었다. 그들은 각지 출신의 전직 교직자, 군과 면의 공무원, 지방 유지, 청장년들이었다.[21]

유엔군이 인천에 상륙하고 전세는 급속히 나빠져 갔다. 9월 27일 밤 11시경 감금당한 사람들은 포박당한 후 무장한 6명에게 이끌려 섬의 서북단으로 향했다. 여러 날 동안 구타당하고 기아에 지친 이들은 30여 리나 되는 야간의 산길을 걸어간다. 서산마루에 기우는 잔월(殘月)을 밟으며 끌려갔다. 9월 28일 새벽 2시경 이들은 양사면 위화리 산기슭에 당도한다.

학살 현장에 대한 설명과 묘사는 전하는 이마다 조금씩 차이가 있으나 대체로 이병년이 묶은 서류철과 신문에 기고한 내용을 벗어나지 않는다. 신문 보도는 앞서 서술하듯이, 북한군이 이곳에 구덩이를 미리 파놓은 것이라고 기사에 실었다. 정확히는 인민군이 파놓은 참호에 몰아넣은 사람들을 총으로 쏘거나 삽으로 살해했다. 인근 부락의 노인들이 강제로 동원되어 죽은 사람들의 시체를 생매장한 것으로 보도한다. 학살이 일어난 후 북측은 퇴각했고 가족들은 산골짜기로 운집해 시신을 수습하려고 서둘렀다.

3. 후퇴와 학살

북한의 강화지역 방어

점령지역에서 인민위원회를 비롯한 행정조직이 만들어지고 군민들을 통치한다. 인민군은 전선 지역 내부에서 군사 활동을 전개한다. 전선지구경비사령부는 점령지역, 북한의 표현대로 '해방지구'에서 "패잔병들을 소탕하며 전선부대들의 수송과 후송을 보장하기 위하여" 제107연대를 새롭게 편성한다. 이 연대의 부대 번호는 제5656부대이다.[22] 1950년 8월 14일 전선지구경비사령관 박훈일은 인민군대가 남쪽으로 전진함에 따라 날로 확대되는 광범위한 점령지역을 확실히 장악하기 위해 전투명령을 하달한다. 연대의 임무 지역은 경기도 일대와 충청남도 천안군, 아산군, 충청북도 진천군 일대였다.[23]

제107연대 각 대대는 내무서와 협의하여 주민을 동원한 후 파괴된 교량과 도로를 복구하고 전리품을 수집·보관하며, 지방기관의 경비 업무를 협조하였다. 제32대대는 강화군을 비롯해 김포, 시흥, 수원, 용인 일대를 맡아 패잔병을 소탕하는 임무를 맡았다. 부대는 해안 보병여단의 방어 조직에 가담해 감시활동을 벌이고 진지를 구축하며 도서에 있는 국군을 붙잡기 위해 주

1/9호 각 여에 대해 명령할 것. duplication

각 구분대장에게

명령 No 100 극비

전선지구 경비사령부 서울에서

1950. 8. 27

1. 전선부대 및 구분대 지휘관들의 정치적 [illegible]으로 인하여 경비부대들의 임무를 망각하고 비법적으로 비무장 인원 숙청공작을 하는 사실들이 있음으로 다음과 같이 명령한다

2. 경비부대들의 임무를 옳게 요해할 것이며 직접 무기로 대항하는 무장인원은 이를 처단하고 [illegible] 혹은 혐의자들은 이를 체포하여 정치보위부나 내무기관에 인계할 것

전선지구 경비사령관 박 훈 일

참모장 박 [illegible]

공 5부작성

No 1. [illegible]

No 3.

집행자 리인우

▲ 1950년 8월 27일 전선지구경비사령관 박훈일이 경비부대들의 임무 수행에 대해 비무장 인원을 정치보위부와 내무서로 인계하라는 지침을 하달한다.

력했다.

전선지구경비사령부는 일선 부대 지휘관들이 정치적으로 미숙해 경비부대의 임무를 망각한 채 불법적으로 비무장 인원을 숙청하는 사실을 적발했다. 박훈일 사령관은 경비부대의 임무를 올바르게 이해시키면서 무기를 들고 대항하는 인원은 처단할 것을 지시했지만, "밀정 혹은 혐의자들"은 체포한 후 정치보위부나 내무기관에 인계할 것을 명령한다.[24] 그만큼 군부대에서 임의로 처리하는 경우가 빈번한 까닭이었다.

북한이 장악하고 있으나 피난을 떠나지 않은 청년들은 결사 조직을 만들어 저항한다. 1950년 8월 20일 발족한 대한정의단은 호국군 중위 출신의 조성실과 경종오가 주동이 되어 만든 '실지회복대'가 모체였다. 이 조직은 성공회 사무실과 대원들의 집을 전전하며 회의를 갖고 지하에서 공작 활동을 전개했다. 66명의 대한정의단원은 김포와 강화 사이를 왕래하는 인민군과 내무서원의 이동 수단을 파괴하여 강화도에 주둔 중인 인민군을 봉쇄하는 '어선 깨뜨리기' 작전을 펼쳤다. 대원들은 내무서 분주소를 기습해 총기류와 탄약을 빼앗아 필요한 무기를 확보하고, 인민위원회를 습격해 등사판을 확보한 후 전단을 제작해 살포하였다.[25]

1951년 1.4후퇴 전후에 대한정의단에서 활동한 사람들이 중심이 되어 단장으로 활동한 최중석과 24명의 청년들이 강화향토방위특공대라는 유격대를 조직한다.[26] 이 특공대는 지역 청장년들이 모여서 강화를 지키려고 만든 준군사조직인데 강화군 12개 면에 조직된 특공대와 소년단원 규모는 약 600명까지 달했다. 경찰과 군청이 후퇴한 이곳에서 행정과 치안을 장악한 특공대는 인민군과 산발적인 전투를 벌였다. 특공대가 공식 해산한 것은 1951년 3월 16일이다.

경찰서와 군청이 다시 강화도를 떠나고 치안이 공백 상태에 빠졌다. 최중석이 특공대장이 되어서 강화를 사수했다. 후퇴하는 경찰에게 총을 몇 정 받아서 청장년들을 모아 치안을 담당했다. 이희석은 나이가 어려서 특공대원들의 심부름을 하는 소년단원으로 활동한다.[27] 그이뿐만 아니라 또래의 10대들이 소년단에서 소소한 일을 도왔다.

강화에는 인민군이 있었을 때, 무법천지가 되니까 반공청년들이 각 면에 모여 지하에서 투쟁하였다. 피난을 가지 못한 이○○도 마찬가지였다. 피난을 못 나간 아이들은 소년단에 들어가서 특공대를 따라다니며 그들의 활동을 보조했다. 강화읍 철산리에 특공대 파견대가 있었는데, 그곳에서 암구호를 수령한 후 그날그날 각 방면에서 경비하는 사람들에게 전해주는 역할이었다.[28]

인천을 다녀온 노○○은 인민군이 강화도를 점령하기 직전 하점면 창후리 선착장에서 5톤짜리 작은 어선을 탔다. 조그만 배에 사람들이 꽉 찼다.[29] 석모도의 삼산으로 건너갔다. 연백과 개풍에서 후퇴한 청년들이 우체국이 있는 자리에 유격부대 본부를 마련해두었다. 이름도 모르고 얼굴도 모르는 사람들인데 그곳에서 얼씬얼씬하니까 연락병을 시켜줘서 소년단원이 되었다. 소년단이라고 하지만 특공대원 중에도 또래의 10대 소년이 있었다.

소년병의 역할은 석모도의 보문산이 있는 매음리 초가집에 또 다른 부대가 있어 거기에 메모를 전달해주고 사람들에게 연락하는 심부름이었다. 뜯어볼 수 없게 메모지를 붙인 서류를 주면 이것을 밤이고 낮이고 전달해주는 연락병 일을 도맡았다. 인민군이 후퇴하자 노○○은 삼산에서 배를 타고 외포리를 거쳐 강화도에 들어왔다. 외포리에서부터 걸어서 고려산 고비고개를 넘어 읍내로 들어와 소년단 활동을 계속한다. 소년단 본부는 남궁의원 뒤편에 있는 큰 한옥에 자리 잡고 있었다. 그때는 서문으로만 다녔기 때문에 소년단이 그곳에서 보초를 섰다.

특공대의 전공에도 불구하고 주민들에게 미친 영향은 긍정적인 것만 있을 수 없었다. 소년단원으로 활동한 노○○의 구술은 지역민의 마음에 숨어 있는 솔직함이다.[30]

> 우리 어머니도 밥해 가지고 갔다가, 그땐 살기 어려우니까 보리밥을 섞어가지고 줬는데, 보리밥을 해왔다고 그냥 밥그릇을 내 던지고 그랬다고. 가정에다 얘기를 해가지고 밥, 그냥. 보리밥 해서 주면 밥을 내 던지고 그런 짓을 했어. 강화사람들이니까 강화사람들을 그렇게 했더라고.

언급하듯이, 강화도를 비롯한 서해 도서 지역에서 유엔군의 유격활동은 인민군이 강화를 점령한 이후에도 지속했다. 여기

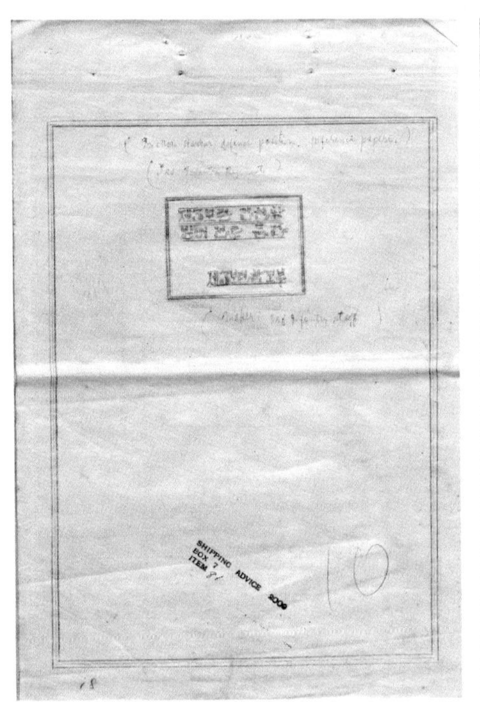

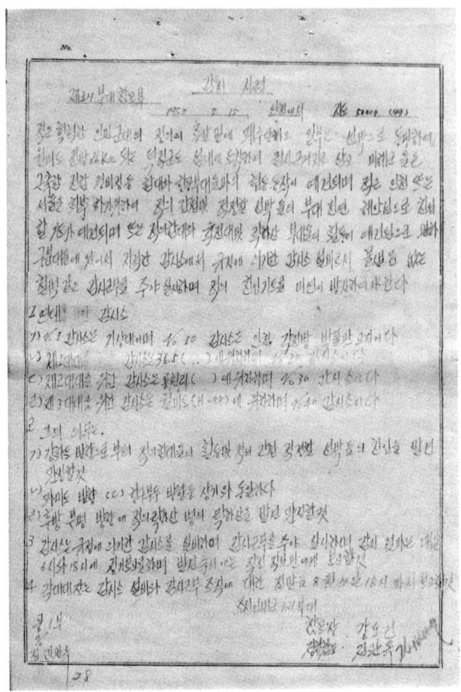

▲ 제3보련(보병연대) 인천항 방어전투 문건이다. 제321부대에서 내린 명령에 따르면, 감시 방향 중에 강화도로부터 출몰하는 함대와 선박 진입을 주의하라는 지시가 담겨 있다.

에 맞서 인민군은 해안 경비를 강화하고 유격대 근거지에 대한 공격을 감행한다. 인민군 「제3보련 인천항 방어전투 문건」에 의하면 인민군은 인천항을 방어하기 위해 3개 방향에서 적의 해안 상륙을 막는 작전을 펼쳤다.

1950년 8월 1일자 제317군부대 '전투명령'에 보면 인민군은 강화도와 월미도, 부두로부터 동남 방향으로 방어 작업을 완료하였다. 인천지역에서 볼 때 우측의 강화도에는 북한군 육전대가 상륙해 방어하고 있었다.[31] 이 문건에 기록된 '전술지명 일

전투명령 No. 극비 ㄷ.

제317군부대참모부 1950. 8. 1 인천측에서

지도 50.000 49번판

1) 적은공화국인민군에 맹렬한 추격을받어 1950. 6. 19.에소합정으로 퇴각하야 일부는 패북당한
괴뢰군에 가담하고있으며 그의 일부분은 현재해상에 산재하고있는바. 기회만 있으면. 인천
항구에 상륙하야 자기들의 항공군과 협동하에 인천을 점령한후 다시정실을 자기기지로서.
회복할기도를가지고있다

2) 련대는사단의 제1제대로서 사단모범련대 제1대대의 배속하에 아군추격을 받어 퇴각한 적이
다시인천항구에 상륙할기도를 불허하며 만약상륙하였다면. 적을 아군해안 에서 그를격파하며.
인천항구및 시가를 사수할임무가있다.
화력체계조직완료는 까지이며. 방어작업완료는 1950. 8. 까지이다

3) 우측에는 강화도에서 아군 ○련대가 상륙하야 방어하고있으며 좌측에는 전방소탕 및 해안
위줄임무를 받은 부대가 있다

4) 결심함.
나는우리련대의 방어지대의 중앙고지이며. 중앙지대의 지배적고지인 월미도 (54. 88)와
인천항구부두의 일부분에 대대방어구역으로서 견고하게 강화된 진지로서. 병력과 화력기재의
대부분의 력량을 월미도 (54. 88)에 집결하야 해안방어진선에서 적의 인천항구 및 월미도에
상륙함을 불허하며. 화력으로 그를 소멸하겠다 동시에 본련대에 적의 상륙이 위험한
3개방향인 강화도. 월미도. 부두로부터 동남쪽 방향에 특히 견고한 화점과 포화력을 배치하야
화점 및 진지를 축성하야. 적의 ○ 해안상륙을 불허하겠다
만약적이 아군해안에 상륙하야 아군의 방어계선 및 교두보를 점령하였다면 련대 예비대
의력량으로서 3개방향에 반돌격을 실시하는바.
제1방향은 수내동 (54. 90)에 제2방향은 월미도를 건너는 제방 방향에 제3방향은
항구부두방향에 실시하야 적을격퇴하며 방어전선을 회복하겠다

5) 제1대대 (제1중대제외)는 련대의 76 ㎜ 포중대와 함께 제3대대의 좌측으로 부터 49.3고지
까지 방어구역을 차지하고 송도방향으로부터 적의 침입을 불허할것
좌측분계선은 송도정차제 ( )로부터 49.3고지 ( ) 까지이며. 그는 제1모범대대장
이 책임진다

6) 제2대대 ( )는 우측을 영정으로부터 월미도 동쪽까지 방어하며 방어선은
동쪽일선으로 시가요소에 바리카트를 축성함과 동시에 화수정 뒷산 중복일대에
제2참호를 축성하고 No. 1 방향인 강화도로부터 적의 상륙을 불허할것

3

▲ 제317군부대의 1950년 8월 1일자 전투명령이다.

3장 공동체의 비극

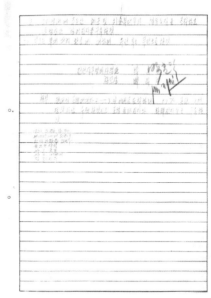

▲ 1950년 8월 26일 전선지구경비사령관 박훈일이 제107연대장에게 보낸 '전투명령'에는 제31대대를 강화도로 이동 배치할 것을 지시한다.

람표'에 따르면 섬에 대한 명칭에서 '강화도'는 전술지점이 '조개섬'으로 표기되어 있다. 1950년 7월 31일 제1보병연대 참모장 지함익이 인천에서 발신한 문건이다.

평양이 인천지역을 중요한 방어기지로 본 것은 전쟁 초기부터이다. 국군과 유엔군이 서해안의 "월미도 전방 20*km* 되는 섬 중에 도달하여 임시 근거지를 삼"아 인천항을 목표로 함대와 항공 협동작전을 벌일 것을 인민군은 예상하고 있었다. 사실상 "인천 또는 서울을 회복하기 위하여 적의 간첩 및 적 정찰 선박들이 부대 전면의 해안선으로 침입"을 시도할 가능성을 예견한 것이다. 인민군은 방어선에 대한 철저한 대비와 서해안 섬에 대한 경비를 강화하고 감시할 것을 계속 지령한다.[32]

1950년 8월 중순에 접어들면 서해안 도서 지역에서 유엔군 유격대의 활동이 증가한다. 전선지구경비사령관 박훈일은 제107연대장 앞으로 보낸 '전투명령'에서 제31대대를 강화도로 이동 배치할 것을 명령한다. 유엔군 유격대가 해안에 산재한 도서에 상륙해 군사 활동을 벌이며 인천 해안으로 점점 다가오고 있었기 때문이다. 제31대대는 2개 중대를 8월 27일 05시까지 강화도에 상륙하고, 대대는 8월 29일 05시까지 강화읍 관청리로 이동할 것을 지시했다.[33]

이동 배치되는 부대의 임무는 다음과 같다. 첫째, 도서와 해안선에 적이 상륙하지 못하도록 할 것과 둘째, 해방되지 않은 도서들을 해방시키며 또한 적이 상륙한 도서는 토벌하고 셋째, 지방 내무기관의 경비사업을 협조하며 넷째, 그 지역 내에 주둔한 해군 및 위술부대와 협동으로 더욱 완강한 방어진지를 구축한다.[34]

인민군 전선사령관의 명령

1950년 8월 28일 조선인민군 최고사령관 김일성은 인천방어지구 지휘에 대한 명령을 하달한다. 전선지구경비사령부를 맡았던 박훈일이 인천방어지구사령관을 겸임하게 된다. 인천과 도서지역에 대한 경비를 강화하고 유엔군과 국군의 활동에 면밀하게 대응하는 북한 측의 조치였다. 전선지구경비사령부는 1950년 8월 31일자로 제7포병대대를 제107연대에 편입시켜 넓은 해안 경비를 강화했다.[35]

전선지구경비사령부는 제7포병대대 소속 중대를 1950년 9월 3일까지 1개 중대는 교동도 당두동 704고지, 1개 중대는 김포, 대대본부와 1개 중대는 양사면 인화리 1163고지에 배치하도록 명령한다. 강화도에 배치된 제31대대는 유엔군이 인천상륙작전을 벌이는 9월 17일 김포 부근으로 이동해 전투준비를 완료하게 된다. 인천항에는 유엔군의 함대와 항공기들이 맹렬한 폭격을 감행하며 상륙하는 중이었고 인민군은 강화도와 김포의 적정 변동을 수시로 점검하며 긴박하게 명령을 하달하였다.

9.28 수복 직전 인민군이 양사면 철산리 산이포(山伊浦)에서 배를 타고 퇴각한다. 철산리 동남쪽 해변에 있는 산이포는 포구마을이라 포촌동이라고 불렀으며, 염하(鹽河) 건너 개풍군이 손에 잡힐 듯 이북과 매우 가까운 지역이다.[36] 북한 측이 물러간 후 대한정의단이 경찰서를 접수하여 치안을 확보하려고 노력하던 중 이 단체는 해산하고 강화치안대로 합류하였다.[37] 이 치안대가 강화향토방위특공대로 이어진다.

북한은 후퇴하는 길에 검열소를 조직해 북쪽으로 이동하는 주민과 군인들을 엄격하게 조사한다. 전선마다 차이는 있으나 국군이 피난민을 가장해 이북으로 첩자를 침투시킬 수 있었기

해안경비 강화 事業
內務相 命令

年 月 日	摘 要	傳票番號	借 方	貸 方	貸・借	差引殘高
	前葉ヨリ繰越					
	해안경비 강화					
1	지형정찰 및 해안경비 초소 [illegible] 방식					
	水심 정도 물이 [illegible]에서 정도 [illegible]에서 정도 [illegible]					
2	경비초소 [illegible] 연락망 조직 [illegible]					
	경비초소 [illegible] 2명 [illegible] 5명					
	경비초소에서 [illegible]까지 [illegible] 시간 정도					
	[illegible]에서 [illegible]까지 거리 시간 [illegible]					
	까지 [illegible] 水도 [illegible] 시간					
	경비순찰 [illegible] 조직 [illegible]					
	[illegible] 8시간에 [illegible] 순찰 [illegible] 경비 [illegible]					
	[illegible] 2명 [illegible]					
	경비 사항 보고 [illegible]					
	(연락망은 [illegible]) (경비초소에서 [illegible]					
	까지 [illegible]에서 [illegible]까지)					
	里[illegible]					
1	800[illegible] 배의 [illegible]					
2	[illegible] 배가 [illegible]					
3	경비초소 표시					
	경비[illegible] (역사는 [illegible] 비교 [illegible]					
	[illegible] 명칭					
	경비 진행 보고 [illegible] 방식					
1	水심정도					
2	경비초소					
3	연락망					
4	[illegible] 조직					
5	里[illegible]					
6	[illegible] 次葉へ繰越 ([illegible])					
7	[illegible]					

A-4

DECLASSIFIED Authority NND [illegible]

▲ 강화군에서 내무상의 지시에 따라 해안 경비를 강화하기 위한 구체적인 사업 내용을 적은 문건이다.

때문에 인민군과 내무서가 합동으로 '반동분자'를 조사했다. 서울에서 후퇴하던 노촌 이구영 선생은 당중앙위원회 지도원 신분증이 있어 꼬치꼬치 물어보는 심문을 여러 차례 통과할 수 있었다.[38]

전세가 역전해 인민군이 퇴각하면서 벌인 학살은 어떻게 시작되었을까. 1950년 9월 20일, 유엔군이 인천에 상륙한 지 얼마 지나지 않아 조선인민군 전선사령관 김책(金策)은 '유엔군과 국군에 협력한 자와 그 가족을 전원 살해하라'는 요지의 무선 명령을 내린다.[39] 이들을 처리하는 방법은 노동당에서 파견하는 지도위원과 각급 당 책임자의 지휘 아래 시행하게끔 했다. 인민군이 점령한 지역에서 충남도당 선전부책으로 의용군 초모사업을 책임지고 있던 김남식(金南植)은 9월 중순경 전선사령부에서 후퇴 명령을 내렸고, 노동당에서는 다음과 같은 지시가 있었음을 밝혔다.[40]

1. 전세가 불리하여 후퇴한다.
2. 당을 비합법적인 지하당으로 개편할 것
3. 유엔군 상륙 때 지주가 되는 모든 요소를 제거시킬 것
4. 군사시설로 이용될 수 있는 것은 파괴할 것
5. 산간지대 부락을 접수하여 식량을 비축할 것
6. 입산경험자 및 입산활동이 가능한 자는 입산시키고 기타 간부들은 일시 남강원도까지 후퇴할 것

국방부 전사편찬위원회는 조선인민군 전선사령관이 내린

명령을 구체적으로 명시하였지만 고향인 논산에서 당 사업을 전개한 김남식에게 하달된 내용이 더욱 정확한 것으로 추측할 수 있다.[41] 김책이 내린 '유엔군 상륙 때 지주가 되는 모든 요소를 제거'하라는 내용에는 우익 인사들에 대한 체포, 학살이 포함되었다. 전북 옥구군 미면 노동당 조직부장 김○○이 받은 내용은 김남식이 기억하는 내용과 유사하다.[42] 대검찰청 수사국이 펴낸 『좌익사건실록』(1975)에는 김책의 명령과 그 내용이 요약되어 있다.

인민군의 후퇴는 또다시 세상을 뒤집었다. 곧 통일이 될 것처럼 선전하던 노동당의 후퇴는 말단 행정조직과 그들을 지지하는 사람들을 당황스럽게 했다. 이○○의 큰형은 이제 "인민공화국은 망했다. 후퇴할 때. 내가 지금 가면은 난 중국으로 가겠다. 내가 죽지 않고 돌아오면은 혹시 만날지 모르지만, 죽으면, 못 돌아오면 이걸로 너하고 나하고 이별이다"라는 말을 남기고 북성리 앞에 대기해 놓은 목선을 타고 사라졌다.[43] 이북으로 가서 중국으로 도피할 요량이었다.

강화에서 전시를 보낸 구술자 중에서 1939년 2월 강화읍 갑곶리에서 태어난 전○○(全○○)은 6.25가 났을 때 열두 살 초등학교 5학년이었다. 그의 말은 일정부분 사실을 담고 있다.[44]

> 사실은 그래요. 이북 사람들이, 인민군들이 와가지고 우리 주민들한테는 하나 해된 거 없어. 단, 넘어갈 때 다 끌고 넘어가면서 저거 한 사람들은 양사에 그 포구에서

좀 저거 한 사람들은 다 죽이고 웬만한 사람들은 끌고 넘어가고 이제 그렇게 된 건데. 그러면서 넘어가면서부터 우리 주민들이 많이 죽은 거예요. 빨갱이라고 몰려가지고. 그렇게 해서 많이 죽었어요. 이 특공대들이 이게 상당히 사람을 많이 죽였습니다.

전○○의 구술은 한쪽으로 치우치지 않는다.

후퇴 때 인민군이 다시 들어와 가지고 하는 것이 뭐냐 하면은, 나중에는 그 사람들이 다들 속았다고 얘기하는데, 빨갱이였던 사람들이 속았다고 그랬는데, 공산당이 좋다고 해서 들어 갔드랬는데 그게 아니고. 여기서 철수할 때는 심지어는 벼 평떼기 하잖아요. 평떼기해서 다 공출해가지고, 심지어는 좁쌀까지 세었다고 했어, 그놈들이. 곡식들을 전부 다 해가지고, 갈 때는 전부 다 해가지고 도망간 거예요. 그렇게 무서운 거예요.

인민군이 점령한 짧은 기간을 '통치'라고 부르기에는 부족한 점이 많다. 지역마다 인민군이 점령한 기간에 차이가 있고, 서울과 경기도를 제외하면 행정과 체계가 제대로 갖추어진 상태의 통치는 아주 짧았고 드물었다. 전시에 있었던 일을 어느 하나의 기준으로 평가하는 것은 쉽지 않다. 이해관계는 중첩되어 있고 사상을 내세우게 되면 극단적인 경계선 위에서 상대방을 보게 될 가능성이 크다. 그럼에도 생명을 빼앗는 전쟁은 더 이상 의미가 없다.

4. 삶의 끝자락

첩보활동의 무대

1950년 12월경 인민군이 다시 점령한 강화지역에 행정기관은 아무것도 없었고 경찰서는 인천에 자리했다. 강화군에 정식으로 파견된 남한의 공공기관원은 그의 주장대로라면, 김홍(개명전 성명 김영)이 책임을 맡은 정보사 특수임무대(HID)밖에 없었다. 이 지역 곳곳에는 황해도 지방에서 건너온 피난민과 도피한 국군 패잔병이 은신해 있었다.

부대의 목적은 이들을 찾아내 다시 훈련을 시킨 후 지역을 자체 방어하고 대북 공작요원으로 활용하는 것이었다.[45] 김홍은 인민군 제105전차사단 1대대장 출신으로 1950년 11월경 육군 제1사단 제15연대에 귀순했다.[46] 그는 김동석 소령과 면담한 이후 육군첩보부대원이 되어 강화도에서 공작을 담당했다.[47]

장기락은 강화도에서 첩보공작을 하고 있던 김홍 파견대장을 1950년 말 접선해 연백군 치안대원 20여 명을 야간에 탈출시켰다. 그는 옹진반도에 배치되어 있던 육군 제1사단 11연대 출신으로 전면전이 발발한 지 3일 만에 연대가 지리멸렬하자 고향인 황해도 연백군으로 잠입했다. 4개월 동안 지하에서 활동하는 청장년을 규합한 그는 비밀리에 치안대를 결성해 반공투쟁에 앞장섰다.[48] 강화도는 첩보부대의 활동이 매우 활발한 곳이었고, 김홍을 만난 장기락은 김동석이 지대장으로 있는 제1지대에서 공작대원으로 활동한다.[49]

강화군은 정보기지로서 중요한 요충지였으며, 1951년 2월 육군 제4863부대 서부지구 파견대가 상륙하고 첩보활동의 주 무대로 변하였다. 군 정보계통이 강화지역에서 활동하고 주민들은 각 면에서 특공대를 조직해 인민군에 대응했다. 소년단에 가입한 학생들은 암구호를 수령해 전달하는 역할을 한다. 연락병으로서 메모와 정보를 전달한 소년들이다. 청년들은 방위대에 입대해 활동하였다.[50] 강화향토방위특공대원들은 민간인 신분으로 정보부대 소속 유격대에 편재되어 김포, 개풍, 연백, 개성 등지에서 작전을 전개했다.[51]

한국전쟁에서 서해안의 첩보활동은 유엔군 유격전으로 알려져 있다. 주한극동군사령부의 제8240부대가 유격대를 총괄하였는데 동경에 극동군사령부연락단을 두고 서울에는 주한연합정찰사령부를 운용했다. 작전은 서울에 주둔한 주한극동군사령부 연락파견대에서 유격부대를 운용하면서 실시했다. 유격부대는 미8군 통제 아래 약 11개월 동안 작전을 전개한 후 소속을 미극동군사령부로 이관하였다. 이 업무는 정보참모부(G-2)에서 담당했다.

1951년에 작전수준급 부대의 개편 작업이 진행되었는데, 백령도에 윌리엄에이블(William Able)기지, 부산 근교에 공수훈련과 특수임무를 담당하는 베이커기지(Baker Section), 정보와 태업, 미국 특전요원이 지휘하는 특수임무부대 한국군 해병중대 레드윙(Task Force Red Wing)이 있었다. 1951년 3월 윌리엄에이블기지가 표(豹)부대(Leopard)로 공식 명명되었고, 이때부터 예하 건제 순서대로 숫자를 부여해 동키부대 명칭을 사용하였다.[52]

17개 유격부대 중에서 15개 동키부대가 서해안에 기지를 두었다. 표 부대 사령부의 편성을 보면 강화 교동도에 기지를 둔 특수임무부대 패리(Perry)는 강화도에서부터 연평도 서방까지 담당했던 제5동키부대 소속이었다.[53]

강화도 교동도의 첩보부대에서 근무한 이영철(李永徹)의 6·25 참전(參戰)은 많은 궁금증을 해소시켜준다. 전쟁 때 개성에 살았던 26살의 청년은 1950년 10월경 미극동군사령부 주한연락파견대 선대(Sun-Net) 부대에 입대한다. 1954년 부대가 해체될 때까지 강화도 인근 볼음도에서 근무한 그는 전쟁 이전 북한체제에 저항하는 혈투공작대에서 활동했다.[54] 입대 후 동료 공작대원들과 함께 미군을 따라 평양으로 북진(北進)했으나 중국인민지원군의 개입으로 이남으로 다시 후퇴한다. 그의 임무는 적의 동향을 파악해 보고하는 첩보 전문이었다.

이영철의 증언에 따르면, 황해도 황주에는 남으로 피난 가는 사람들이 많았는데, 그중에는 국군에서 낙오한 병사들과 인민군에서 낙오한 병사들이 뒤섞여 있었다. "누가 누군지 알 수 없는 상황에서도 적(敵)이라는 사실을 알게 되면 서로를 죽이는 일이 다반사였다." 그는 을지 제2병단 창설에 관여했고, 제8103부대 소속으로 교동파견대(배저대 Badger Net)에 배속되어 교육대장으로 활동했다.

미군이 운용한 유격부대는 강화도 주민들에게는 제8240부대로 익숙하다. 이○○이 구술하듯이, 강화에서 초기에 조직된 부대는 '을지병단'이라는 유격대이다. 육군본부가 강화도에서 서해안 도서지역을 중심으로 활동 중인 자생 유격대와 청년들을 규합해 을지 제2병단을 편성한다. 나중에 제8240부대로 정식 편제된 이 부대는 백령도에 기지를 둔 레오파드부대의 지휘를 받았다.

미8군으로 인계되었으나 을지병단 부대원들은 이북 출신이 많았다. 그들이 강화군에 들어와 임무를 수행하면서 주민들에게 피해를 많이 주었다. 미군 소속으로 부대원이 된 사람들, 정확히는 이북에서 나온 사람들이 양사면에 배치되어 있었는데 주민들과 충돌을 일으켰다. 이○○이 보기에 평범한 일상과 전시는 결코 같을 수 없었다.[55]

그니까 얘들이 그냥 뭐 여러 가지로 부족한 점도 많지. 주민들을 힘들게 막 뺏기도 하고. 저녁만 되면 그냥 통행금지 시키고, 등화관제 시키고, 불 다 끄라고. 불편하게 하고 농장에 나가려면 일곱 시 해 지고, 시간도 있어요, 그것도. 해뜨기 전에는 못 나가게 막고, 생활에 지장이 많았어요.

유격대원의 활동에 대해서는 남북한의 민간인이 군사 활동을 하면서 군부대의 정식 군인으로 편성되는 과정을 이해할 필요가 있다. 미 극동군육군(AFFE)의 지원 하에 반공의용군 유격대가 전개했던 작전 활동에 대해 존스홉킨스대학 작전연구실 연구팀은 1953년 10월 연구에 착수해 1956년 6월에 연구보고서를 완성한다. 이 보고서는 1984년도까지 약 30년 동안 Ⅱ급 비밀로 분류되어 공개되지 않았다. 미군이 사용한 '반공의용군'이라는 용어는 군사 경험이 있든지 없든지 상관없이 반공유격대 활동을 자발적으로 한 사람들이 유엔군 유격부대에 정식으로 배속된 것을 의미한다.[56]

한국전에서 한국과 미국 사이의 정치적 갈등은 대부분 군부대로 인해 발생했으며, 유격대는 미 육군과 남한 정부 사이에 '골칫거리'였다. 그 이유는 유격대원의 신분 문제를 해결하지 않고 방치했기 때문이다. 이들의 애매모호한 신분은 미 육군과 한국 정부의 관계뿐만 아니라 유격대 요원들이 수행하는 작전에도 큰 영향을 미쳤다. 유격대원들의 불안한 신분은 작전에 동기부여가 되지 않았던 셈이다.[57]

미 육군의 입장에서 유격대원들을 볼 때, 그들은 동맹국에서 미군의 통제를 받는 데 자발적으로 지원한 비정규군 요원이었다. "그들은 전투 병력이었으나, 어느 군에도 편입되지 않았고 그들에게는 어떤 일반적인 서약도 필요하지 않았다" 유엔군은, 정확하게 미군은 유격대원들에게 "한국 정부 당국이 인정할 수 있는 법적 또는 군사적 지위를 규정하지 않고 일방적으로 유엔군의 예하에 편입시키는 조치"를 취했다. 더욱 중요하게는 전쟁에 참전해 유엔군으로서 공헌한 업적이 인정되는 개인기록카드를 작성하거나 유지하지 않았던 점이다.[58]

전세가 또다시 바뀐 1951년으로 가보자. 1.4후퇴를 전후해 강화는 혼란스러웠다. 북한이 다시 점령해오고 강화의 반공단체들은 그들과 산발적으로 전투를 벌인다. 이○○은 소년단원으로 활동하면서 인민군에게 붙잡혀 죽을 뻔한다. 국화리에서 벌어진 전투에 참가한 후 진고개를 넘어 피신하는데 강화초등학교에서 내려오는 인민군 3명이 총을 쏘며 쫓아왔다. 순간 그는 "죽었구나"라고 생각했다. 붙잡혀서 내무서로 끌려갔는데, "반동이라고" "죽인다"하는 말을 들어야 했다.[59]

내무서를 나와 이동하는 중에 같이 붙잡힌 동료의 기지로 간신히 도망친 그는 집 뒤에 사는 칠촌 아저씨 집에 숨어 지냈다. 집에서는 찾아오는 내무서원이나 인민군을 피해 떠났다고 해두었으나, 사실은 그러지 않고 은신해 있었다. 아저씨 집에서는 안방에 있는 장롱을 비우고 벽 밑으로 땅굴을 판 후 움푹하게 공간을 만들어 침구를 깔아놓고 지냈다. 1.4후퇴 때 이○○은 한동안 이곳에서 숨어 살았다.

1951년 3월 중순경 국군과 유엔군이 다시 강화도를 수복하고 이○○은 친척 아저씨 집에서 나왔다. 다시 세계가 바뀌어 있었다. 양사면 인화리에서 그는 자신이 인민군에게 붙잡혀 심문당한 후 바깥으로 끌려 나갈 때, 소년단원들을 "그냥 죽이려고 했던 그 놈이" 특공대에 잡혀 있는 것을 보았다. 특공대에 붙잡힌 그는 인민군을 도운, 이○○을 죽이려고 한 교동도 사람이었다. 9.28 수복 때에는 인민군을 따라 신의주까지 후퇴했다가 다시 강화로 들어온 그는 인민군이 강화에서 퇴각할 때 낙오자가 되었다.

이북으로 가지 못한 그는 갈 데가 없으니까, 교동도의 고향으로 가기 위해 양사면 인화리로 가는 도중에 그곳에서 경비를 서던 특공대원에게 붙잡혔다. 특공대는 양사면 인화리 포구로 그를 데려가서 서너 발의 총탄을 쏴서 바다에 던져버렸다. 이○○은 이 광경을 직접 목격했다.[60] 서북쪽 해안가인 인화리 포구에는 특공대원이 3명 파견을 나가 있었다.[61]

소년단원으로 활동한 전○○은 특공대와 소년단의 활동을 좀 더 자세히 밝힌다.[62]

> 다 후퇴하고 나니까, 인민군들이 나가니까, 그때서야 특공대가 강화를 지킨다 해서 그 사람들이 조직체를 해가지고 보초도 서고 또 아군이 들어오니까 이 사람들이 빨갱이 집이 누구네, 누구네라는 걸 지적해서 끌어다가 문초하고 두들겨 패고 죽일 사람 죽이고 갔다 가둘 사람 가두고. 6.25에 청소년유격대가 그런 일을 한 거예요. 치안유지를 한 거지.

전○○이 언급하는 청소년 유격대는 강화향토방위특공대를 가리킨다. 특공대는 교동도에 건너온 이북 출신 사람들이 만든 조직과 함께 작전을 전개한다. 이것은 앞서 노○○ 구술자가 언급한 유격부대를 일컫는다. 강화읍으로 들어온 그는 소년단원으로 강화초등학교 분교 근처의 한옥집에 위치한 특공대 사무실에서 보초 근무를 섰다. 특공대가 인민군을 도왔거나 '좌익' 활동한 사람을 붙잡아 와서 "문초하고" 그럴 때 경비를 보았다. "나이도 어렸는데 무슨 보초를 서냐고" 물을 수 있겠지만, 젊은 청년들은 청년방위대에 들어가고 10대들이 남아 고향을 지켰다.

강화향토방위특공대원들의 행동은 때로 행패에 가까웠다. 부대원들이 대부분 민간인들로 조직되어 있었는데, "이 사람들이 정말 참 강화에서 행패를 많이 부렸"다. 전○○은 보복의 악순환처럼 되어버린 그때를 이렇게 정리한다.[63] "이 사람들이 빨갱이로 몰린 사람들은 다 붙잡았는데 거기엔 주모자도 있지마는 그 사람들이 민주주의가 아니라 공산주의", "공산당이 살기 좋다고 하니까 거기 가담했던 건데, 알고 보니까" "그 사람들의 꼬임에 빠진 거라고 봐야"하는데 그들을 "전부 다 빨갱이로 몰려가지고서는 그냥 다 잡아 죽이고" 그 다음에 인민군이 후퇴해가면서 다시 죽이는 일이 되어버렸다.

유격대원을 모집하고 작전을 수행하는 것은 기지사령부 본부나 미군 고문이 맡은 것이 아니라 부대의 한국인 지휘관이나 간부들이 담당했다. 그들은 대원을 선발하고 전술 작전을 독자적으로 수행했으며, 기지사령부는 보급과 지원을 맡았다. 무기와 통신장비, 의약품 보급과 공중지원, 해군함정 지원, 첩보를 제공하면서 사령부는 유격대를 통제했다.

각 유격대에는 미군 고문이 있었는데 작은 규모의 섬에는 통상 미군 장교 1명과 부사관 1명이 있었다. 고문관이 부대를 지휘하지는 않았으나 부대장을 거쳐 영향력을 행사했고 작전에 대한 자문과 정보 공유, 적시 보급, 화력 지원, 의료지원, 결과 확인, 보고를 책임졌다.[64]

유격대원은 황해도와 평안도, 함경도에서 피난 온 반공청년들과 남한지역 출신들로 구성되었다. 대원들은 군복무를 하기 위해 입대한 것이 아니었기 때문에 그 배경은 다양했다. 짐작할 수 있듯이 스스로 유격대의 문을 열고 들어온 이북 출신 사람들은 자신들이 겪은 북한의 '만행과 참상'에 대한 반공 의식이 중요한 동기로 작용했다. 남한 출신 중에는 국군에 징집되는 것보다 미군 부대에 근무하는 것이 복무 환경이나 조건, 보급과 같은 여러 가지 면에서 더 나을 것이라고 생각한 이도 있었다.[65]

교동도에는 각 정보기관, 첩보기관이 들어와 활동 중이었다. 공군 특무대를 비롯해 다수의 정보기관이 피난 온 사람들을 취조하거나 포섭한 후 정보를 수집하러 이북으로 그들을 보내고 있었다. 그들이 북쪽 사정을 훤히 알고 있었기 때문이다. 다음에 이어지는 지○○의 구술은 군사의 기록과 거의 같다. 미군이 운용하는 정보부대는 물자가 풍부했다. 정보를 수집할 수 있게 배와 식량을 제공하면서 포섭한 피난민들을 연백에 침투시켰다. 지○○의 표현대로 민간인이 "간첩 생활하는 거"였다.[66]

교동도에 "첩보기관이 계속 들어"왔고 식당을 하는 지○○의 집에 군인들이 빈번하게 드나들었다. 미군이 운용하는 첩보부대의 간부쯤 되는 한국인 이○○이 어느 날 식당에서 아버지와 떡국을 먹으며 대화하는데 "손을 잡"았다. 그의 집안은 연백에서 부유한 계층이었고 삼촌이 경찰 출신이었다. 노동당의 검거를 피해 남쪽으로 왔으니 첩보활동을 하기에 안성맞춤이었는지 모른다. 지○○의 아버지는 모 첩보부대의 교동지구대장을 맡았다. 아들은 첩보부대의 간부 이름까지 기억하고 있다.

구술에서 지○○은 그때를 회고하며 한탄하고 후회하였다. "거기서 사고가 난 거예요. 그렇지 않고, 안 만났고, 식당을 안 했으면, 우리 아버지가 아직까지 더 오래 같이 살았"을 것이다. 그 간부는 지○○의 아버지와 한 고향에서 나온 사람이었고, 아버지는 똑똑하고 그곳에 아는 사람이 많이 살고 있으니까, 공작 활동을 하기에 적합한 인물이었던 셈이다.

지○○이 언급하는 첩보부대가 어느 부대를 말하는지 명확하지 않다. 앞서 이영철이 소속된 을지2병단 제8103부대 교동파견대(배저대)일 가능성이 높다.[67] 그의 구술대로 강화도와 교동도에는 제법 많은 첩보부대가 기지와 파견대, 지구대를 두고 활발히 움직이고 있었다. 육군본부 정보국 소속의 첩보대를 비롯하여 공군과 해군이 운용하는 정보부대와 유격대 산하의 첩보부대가 있는가 하면, 미 극동군사령부 방첩대 산하의 파견부대와 CIA가 운용하는 첩보대가 있었다.

전쟁 동안 시기마다 차이가 있지만, 제8240부대로 알려진 극동군사령부 주한연락처는 유격대를 운용하면서 첩보대를 두고 있었다. 이 첩보부대는 나중에 KLO부대로 알려진다. 전쟁 이전부터 교동도에는 파견대가 배저대로 바뀌었고, 강화읍에 기지가 있었던 유격부대 울팩부대를 지원하기 위한 위퍼윌(Whippoorwill)이 새로 조직되었다. 배저첩보대는 교동리 삼선리에 본부를 두고 인근 도서에 요원을 파견하는 소규모 부대를 운용했다.[68]

1950년 12월경 중국인민지원군에 힘입어 다시 남진한 시기에 평양은 정세를 어떻게 가늠하고 있었을까.[69] 이 정국은 1.4후퇴 직전에 강화에서 다시 벌어지는 학살의 배경에 대한 이해를 말한다. 김일성은 1950년 가을 후퇴와 함께 이북지역이 국군과 유엔군에 일시적으로 강점된 이후의 조치를 강조하였다. 노동당의 역할을 중요하게 내세우면서, 사회 혼란을 예방하고 당의 규율을 강화해 나갈 것을 천명하였는데 중요한 것은 '반혁명분자'를 처리하는 문제였다.

1950년 12월 21~23일 개최된 조선로동당 중앙위원회 제3차 전원회의에서 김일성은 「현정세와 당면 과업」에 대해 보고하였다. 김일성의 보고 이후 중앙위원회 제3차 전원회의에서는 당의 규율 강화와 군사 활동에서 벌어지는 교조주의 반대, 전시복구의 기본방향 제시, 반혁명 인사들에 대한 처리 문제가 중요한 안건으로 토의되었다.

비록 일시적이었지만 유엔군의 인천상륙작전 이후 북한이

후퇴하면서 겪은 피점령은 영토를 회복한 이후에도 사회에 큰 혼란을 불러일으켰다. 인민과 군대 근무자들에 대한 동향파악뿐만 아니라 현역 군복무를 기피한 자와 의무노력을 기피한 자, 직장에서 무단으로 이탈한 자, 결근자 등을 형법에 따라 강력히 처벌했다. 이런 조치들은 전시에 인민들을 통제하는 방안을 구축하고 후방을 안정시켜 전쟁에서 승리하기 위해서였다.

노동당이 볼 때 체제에 적대적인 범죄자와 일시적인 과오로 범죄를 저지른 인민들을 구분하는 것 또한 쉽지 않았다. 다른 관점에서 보면, 그만큼 처벌해야 할 사람이 많았기 때문이라고 할 수 있다. 김일성은 악질분자라 하더라도 정당한 법적 절차를 거쳐 처리하고, 인민들의 의견과 여론에 기초하여 그들을 인민이 스스로 심판하는 사업을 조직하도록 진술했다.

북한과 남한 사이의 강화

교동도에서 모 첩보부대의 지구대장을 맡은 지○○의 아버지는 피난민 중에서 열댓 명을 모집한다. 첩보부대에서 사무실을 얻어놓으니까 사람들의 궁금증이 많았을 것이다. 지리에 밝고 사정을 잘 아는 황해도 연백 출신의 사람들을 대원으로 뽑았다. 사무실이 생기고 대원들이 모여 조직이 만들어지면서 일이 진행되자 가족들이 좋아졌다. "먹는 게 걱정 없"어졌

다.[70]

미군의 지원은 배고픈 피난민들에게 생계를 꾸려나가는 것 이상으로 중요한 의미가 있었다. 고향 땅에 다시 들어가 그곳을 회복할 수 있을 것이라는 희망과 잃어버린 자신들의 터전, 재산을 되찾고 무엇보다 일가와 친척을 보호할 수 있는 것 말이다. 1950년 그때의 우리사회 전통을 돌이켜보면 가족과 땅을 내팽개치고 떠나는 것은 결코 쉬운 선택이 아니었다.

유격부대 기지가 위치한 해당 지역에서 부대원이 된 사람들은 북한이 통치한 시기에 가족들이 '학살'당하거나 몹쓸 짓을 겪은 것이 직접적인 이유가 되었을 것이다. 많은 유격대원들이 군인인지 민간인인지 신분이 분명하지 않았다. 전쟁이 멈춘 이후 이들의 신분 문제는 전쟁 때보다 더 심각해졌다.

그들은 대부분은 반공주의자였지만 이승만 정부를 반대하는 사람들도 유격대원 중에는 제법 있었다. 존스홉킨스 연구팀은 그들이 한국 정부의 보복을 두려워한 것처럼 보인다고 평가했다.[71] 여기서 '보복이 두려운 사람들'은 유격대에 가담한 이북 출신의 반공주의자를 말한다.

미군이 유격부대의 작전통제권을 인수함에 따라 한국군의 영향력은 상실되었고 미군의 단독 지원과 통제 아래에서 작전을 수행하였다. 미군은 유격부대원들의 신분에 관해 한국 정부와 어떤 협약도 체결하지 않았다. 그들에게는 사실상 어느 국가의 공권력도 미치지 않았으며, 북한 출신의 유격대원들은 자신의 향토가 해방될 때까지 유엔군의 보호 아래 존속해야 했다. 신분이 없는 상태의 개인이 되는 것이 명백했다.[72]

유격부대원의 신분은 1953년 8월 16일부로 주한극동군연합정찰부 사령관 아치볼드 스튜어트(Archibald W. Stuart) 준장과 국방부 장관 손원일 사이에 '유격대요원 신분에 관한 협약'(STUART-손원일 협약)이 체결되면서 실마리를 풀었다. 1953년 8월 10일자로 제8250부대를 창설하고 유격부대원을 이 부대에 편입하여 국군과 동일한 신분을 보장받도록 했다. 우여곡절이 많은 조치였다.[73]

국군으로 편입하는 과정이 순조롭지는 않았다. 앞서 보았듯이 유격대원들은 작전지역에서 철수하게 된 것을 몹시 못마땅해했다. 이 불만은 고향이 이북인 사람들뿐만 아니라 남한 출신자들에게도 유격부대원으로서 자신들의 역할과 필요성에 대한 문제 제기로 확대되었다. 신분 보장부터 직제와 다른 계급 부여에 차등이 발생했다. 가족을 부양하려고 편입을 피해 도주하는 사람까지 생겨났다.

탈영하는 병사들은 이○○의 구술에 등장한다. 강화도에 유격부대가 기지를 두고 있을 때, 양사면 북성리 그가 살던 동네에 1개 소대가 주둔한다. 그의 집에 황해도 출신의 장○○이라는 대원이 드나들었다. 이북에서 학교에 다니다가 남한으로 온 그는 이○○과 형제처럼 친하게 지냈다. 어느 날 장○○이 "탈영을 해야겠다"라고 말하며 조심스럽게 이야기를 꺼냈다. 유격부대를 떠나려고 고심 중이었다.

장○○은 강화고등학교 학생증과 겨울 모자를 구해달라고 요청한다. 그리고는 갑곶 선착장까지 같이 가달라고 부탁한다. 결심을 들은 이○○은 어떻게 하든지 살려줘야겠다는 생각에, 자신의 옛날 신분증을 긁어서 사진을 흐릿하게 만들었다. 준비를 마친 어느 날 장○○에게 자신의 옷을 입히고 둘은 밖으로 나갔다. 배를 타러 갑곶 선착장까지 가는데 경찰관을 만났으나 이○○이 아는 사이니까 무사히 빠져나왔다. 장○○은 외가가 있는 서울로 배를 타고 무사히 떠났다.[74]

강화지역은 휴전회담이 진행 중일 때에도 매우 중요한 전략지역이었다. 주한연합정찰사령부는 유격대 작전계획에서 임무를 상세히 부여했는데 부록에 있는 내용 중 강화도와 교동도를 계속 방어하라는 임무가 명시되었다.[75] 유격부대의 작전지역 우선순위에 따르면 황해도 전 지역의 적 후방에서 벌이는 작전은 강화도와 교동도가 그 시작점이었다.

1952년 1월에 편성된 작전수준급 유격부대를 보면 교동도에 사령부를 둔 울팩(Wolfpack) 기지는 옹진반도 동부에서 한강 하구까지 서해안 도서를 담당했다.[76] 이 부대는 1951년 12월 백령도에 기지사령부를 둔 레오파드 부대의 작전지역이 워낙 넓었기 때문에 임무를 분담하기 위해 강화군에 설치한 부대였다. 교동도에 지구사령부를 두고 강화도에서부터 연평도 서쪽지역까지 작전을 담당했던 페리(Perry) 특수임무부대가 울팩기지의 모

체가 되었다.[77]

이해 11월말에 이르러 울팩부대는 주한유엔군유격부대(UNPFK) 예하의 제2유격부대로 지정되었다.[78] 울팩 제1부대는 미군 제8086부대였는데 이 부대에는 육군 제1사단 소속 유격대가 소속이 변경되어 포함되어 있었다. 유격대가 미군으로 편입된 이유는 제1사단에서 유격대를 임의로 편성해 운영하였기 때문이었다. 사병화에 대한 부담과 보급 문제까지 불거져 있었다. 유격대원들은 울팩기지 제1부대를 '강화독립부대'라고 불렀다.[79]

대원들의 구성을 보면 황해도 연백과 봉산, 경기도 개풍 출신이 많았고 평안남도 안주와 강서, 평안북도 철산과 정주 출신도 있었다. 이남에서는 제주와 전남 출신을 비롯해 10대 중반의 '소년 유격대원'이 제법 있었다. 기지 본부는 강화읍 관청리에 있었고 제1대대는 하점면, 세2대대는 내가면, 제3대대는 하점면과 내가면 경계에 배치했다. 부대는 강화도를 방어하면서 치안을 유지해 주민들의 생업을 보장하고 민심을 수습하는 동시에 개성과 개풍, 연백, 연안, 백천지역 일대를 대상으로 인민군의 동향을 수집하고 후방을 교란하는 임무를 부여받았다.[80]

앞서 언급한 육군 1사단 소속 유격부대는 제5816부대를 말하며, 강화도에 기지를 두었다. 유격대원들은 강화도의 산이포와 철산포, 월곶포에서 이북의 당두포와 해창포, 영정포로 잠입해 활동을 벌였다. 뱃길이었던 셈이다. 구체적인 사례를 보자. 1951년 4월, 제1사단당 강문봉(姜文奉)은 인민군의 주력 병력을 분산시키고 약화시킬 목적으로 유격대에게 기습공격을 하달했다. 1.4후퇴를 회복한 국군은 개풍에 상륙해 개성을 목표로 진격했다.

철산포를 출발한 제1중대는 개풍군 남면 당두포에 기습 상륙했고 2중대와 합동으로 개성시를 향했다. 강화도를 출발한 제3중대는 영정포를 경유해 장단 방면으로 진격하면서 양동작전을 감행했다. 4월 9일 12시경 부대는 개성을 점령한다. 24일 인민군과 중국인민지원군의 반격으로 10여 일 만에 개성을 철수해 강화도로 돌아왔다. 이후 휴전회담이 진행될수록 강화도에서 개풍을 향한 상륙작전과 기습공격은 더욱 빈번해졌다.[81]

전시는 정치공동체 구성원을 명확히 조직하기에 매우 어려운 상황이다. 사회를 구성하는 인적 자원의 혼란은 전쟁의 승패와 점령, 피점령 지역을 통치하는 문제에 있어서 많은 어려움을 초래한다. 이 시기는 남북한이 상대방을 일시 점령한 때에 벌어진 학살과 주민 통제, 반동 단체에 가담한 사람들, 남한의 언어로 '부역자'를 처벌하는 것이 주요 과제 중의 하나였다.

예기치 못한 상황에서 벌어지는 혼란은 이영철의 증언대로 문제가 되는 대적 상대를 구별하기 어렵게 만든다. 체제의 지지세력을 확보하면서 적대세력을 처벌하는 문제는 남북한의 전시체제에서 중요한 의제였다.

이○○의 큰어머니 집안은 자식이 노동당에 가입해 활동하고 서대문형무소에 가 있었으니까, 이웃 사람들에게 "항상 눈에 나는, 빨갱이 가족으로" 입길에 오르내렸다. 인민군이 점령한 3개월 이후 현재까지 이○○은 큰형을 볼 수 없었다. "큰집은 아주 망했어. 동네 사람들은 빨갱이 가족이라고" 손가락질했다.

이뿐만이 아니다. 피난을 가지 못한 사람들은 공산주의자로 오해받거나 또 그들을 도운 '부역자'로 의심받았다. 피난을 간 사람과 가지 않은 사람들 사이에 무언의 벽이 생겼다.[82]

내가 피난은 못 나가기 때문에 그때에는 피난 나가는 사람들을 아주 우대해주고 피난 못 나가고 잔류된 사람들은 좀 열등의식을 가진 것 같았어. 그런 그 사회 풍조가 좀 흐른 것 같아. 빨갱이들은 피난 안 가고 피난을 떠나 다시 돌아온 사람들은 반공주의자라고 하던 시절 그렇지. 그렇게 떠든 건 아니지만, 나도 피난 못 나간 거 후회했거든.

섬으로 이루어진 강화지역은 전략 요충지였고 유격부대의 사령부 기지와 첩보활동의 근거지였다. 전쟁이 휴전으로 멈춘 1950년대 후반 북한은 무장세력을 강화도를 거쳐 남한으로 침투시키는 공작을 종종 펼쳤다. 1958년 9월 15일 강화도 해안에서 무장한 사람 6명이 상륙을 시도하자 해안경찰대가 이를 발견해 교전 끝에 격퇴한 일이 있었다.[83]

전투가 종종 벌어지는 곳이라면 사람들의 왕래도 있을 수밖에 없다. 이○○이 양사면장을 시작하는 1961년경, 저녁이면

면사무소가 있는 앞산의 상공에서 불이 반짝반짝 빛나곤 했다. 이건 누군가 이북과 "교신하는" 것이었다. 산에 올라가 보니 산중에 작은 구덩이를 파 놓은 뒤 거기에 가마니를 깔아놓은 걸 보았다.

이런 상황도 일어났다. 철산리의 마을 이장 김도형이 어느날 찾아와서 이야기하기를 "어젯밤에는 인민군이 몇이 건너왔더라, 이거야. 개풍군에서 강화 철산리로" 면장에게 보고하는 것이었다. 이장이 덧붙이기를 이북에서 온 사람들은 "군복 다 입었지, 그럼 밥 해줬다는 거예요. 먹고 갔어. 다시 그러고 배 타고 간 거야. 넘어간 거야" 당시에는 이런 일이 제법 흔했다.

이북에서 남측으로만 사람들이 온 것이 아니다. 그때는 남측에서 북한으로 가는 경우도 종종 있었다. 강화는 뱃길로 얼마 걸리지 않은 지척이었다. 이○○이 말하길 "또 여기서 이북으로 넘어간 놈들이 있잖아" 월북도 상당했다. 양사면 철산리에서 다 넘어갔다. 철산리에서 개풍군 고근리까지 2.3km에 불과했다. 어느 날은 또 김도형 이장이 찾아와서 서풍이 불고 비가 오는 좋지 않은 날인데, 남측에서 어떤 사람이 북으로 못 건너가고 덕하리의 어느 집에 숨어 있는 소식을 전했다.

남측에서 북으로 건너려면 바람의 방향이 맞아야 하는데, 저쪽 편에서 바람이 불어 바다에 들어가지 못한 채 돌아 나와서 덕하리의 어느 외딴집으로 들어간 것이다. 물에 들어갔다 나왔으니까 추울텐데 비옷을 입고 와서는 자신이 이북에 건너갔다가

온 사람이라고 한다. 이장이 "북은 왜 가려고 그러냐" 하고서는 경찰에 신고해 붙잡혔다. 강화군 양사면이 최전방이기 때문에 항상 마음을 놓을 수가 없었고, 이○○은 이런 사람들을 눈여겨 보았다. 반공시대의 용어로 '거동이 수상한 사람들'이었다.[84]

> 귀순병, 이런 거 있잖아요, 엿장사, 또 가정 방문 온 사람들, 이런 사람들은 우리가 항상 눈여겨 봐야잖아요. 이장이나, 면 직원들도, 주민들도, 청년들도. 그 당시엔 그렇게 교육을 시켰다고.

인륜이 바뀐 것일까 한동안 공동체가 무너졌다. 갈등은 중첩되어 나타났다. 피난을 간 사람들과 남은 사람들 사이에, 원래 강화군에 살던 사람과 바다 건너 이북에서 온 사람들 사이에, 전선이 바뀔 때마다 바뀌는 지역의 지배자들 "공산주의사"와 "반공주의자"들 사이에 반목은 상당히 오래갔다. 전부 "경계하고 살았잖아. 예를 들어가지고 말만 들어도 빨갱이라면 진저리가 나는데. 그 가족이라는 게 말이나 돼요?" 교동에 원래 거주하는 주민들이 이북에서 건너온 피난민을 경계했다. "피난민이래. 요주의 피난민이래" "손가락질하면서 피난민이라 이거야" "자기들은 주민이래" 말 자체가 달랐고 사이가 좋지 않았다.[85]

한 지역에서 또 한 동네에서 전쟁은 수많은 상처를 남겼고 사람들 사이에는 침묵의 갈등을 안겨주었다. 북한이 철수하고 나서 사상과 이념 때문에, 지금은 사라졌어도 "빨갱이 집안이다" "그런 집에 상을 당해도 안"갈 정도였다고 이○○은 말한다. 한 동네에 같이 살아도 외면하고 서로 모른 척하고 지냈다. 어디 가서 함께 섞이지도 못했다. 이런 갈등은 한참 지나서야 해소되었다. 하지만 '빨갱이' 문제는 경험으로 체득한 반공이었고, 북한과 아주 가까운 지역의 특성으로 오랫동안 지속되었다. 지금도 사람들의 인식 속에 남아 있는 분단의 흔적이다.

맺는 글

남은 사람들

이병년이 밝힌 순의비 건립과정을 되짚어보자. 비를 건립하기 위해 그가 처음으로 도움을 요청한 것은 일가친척을 상대로 한 것이다. 그렇지만 1954년경은 전쟁이 끝나고 인심이 좋은 편이 아니었다. 그는 자신의 뜻을 성취하지 못한다. 그 다음은 역대 강화군수와 경찰서장, 국회의원에게 협조를 애원했으나 그들은 말로만 찬성할 뿐 실천으로 옮기지 않는다. 끝으로 긴곡노인회를 조직하여 이 사업을 추진하였는데, 김광준 군수가 재직하는 동안에 김재소 사장을 비롯하여 강화군 내 다수의 사람들이 지지하여 1966년 12월에 비를 세우고 그 비명을 순의비라고 명명했다.

이병년의 주장과 『강영뫼 순의자 칠십삼인(七十三人) 위령행사 추진 관계서류철』의 기록으로는 1950년 9월 28일경 강영뫼에서 73명이 북한 측에게 학살당하는 일이 벌어진다. 정확한 연도는 밝혀지지 않았으나 휴전이 된 이후부터 그는 사망자 조사에 착수해왔다. 1960년 초에는 군청과 경찰서에 의뢰해 나름대로 사망자를 추정했다. 담당자를 설득해 현지 조사에 착수하지만 사건이 발생한 지 십여 년이 지나버린 뒤라 일일이 신원을 확인하는 것은 어려웠다.

진실화해위원회 조사에서 언급한대로, 개성에서 사망한 사람들을 포함해 그동안 희생자 가족들에게 적지 않은 파란과 변동이 생겼다. 휴전이 된 후 강화군을 떠나 타지로 이사한 사람도 있었다. 유가족을 찾았지만 신원을 확인하는 것이 불가능한 경우가 있는가 하면, 후환이 있을까 싶어 아예 조사를 거부하는 사례도 없지 않았다.

1981년 6월 25일 순의비는 강화군 송해면 하도리 산 5번지에 옮겨와 현재에 이르고 있다. 이때는 강화유격용사위령탑을 건립하는 시기였다. 왜 옮기게 되었는지 그 이유는 명확하지 않다. 이희석의 기억에 따르면, 할아버지가 사망한 후 강화군청 사회과에서 옮긴 것으로 알고 있었다. 위령제를 지낼 때에는 자신의 집에서 음식을 마련해 비석 앞에서 추모제를 지냈다. 유가족 중에 누가 나서야 하는데, 지금은 아무도 신경 쓰지 않고 비석만 휑하니 남아 있다.

이병년의 아들 이호성은 납북되었다. 북한이 인정하지 않는 '전출사업'과 마찬가지로 서울에서 '납북자'는 평양에서 '월북자'이다. '전출사업'에서 북한으로 이주할 수 있는 사람들의 성분은 제한되어 있었다. 무엇보다 노동자 전출과 기업소, 공장의 사업 집행이 당국의 예상대로 긍정적인 효과를 가져오기보다는 여러 가지 부정적인 형태로 표출되었다. 전출한 노동자들이 공장에서 태업을 일으켜 생산에 차질을 주거나 거주지를 바꿔 행방이 불분명한 경우가 종종 발생함으로써 정치보위부의 감시와 내사, 통제 역시 강화되었다.

강화도는 다른 지방 못지않게 남쪽과 북쪽의 만행으로 처참한 일이 많았다. 생각이나 사상이 다른 사람을 인간으로 보지 않는 시선은 전선만큼이나 명료했다. 이웃이 적으로 변해버렸으니까, 더 이상 같은 인간으로 보지 않았을 것이다. 이 직설은 표현이 지나침에도 불구하고 곱씹어보아야 할 대목이다. 이 땅에서 남한이 저지른 민간인 학살과 북한이 저지른 학살을 지역과 규모, 대상, 시기, 이런 범주로 비교할 수 있다. 또한 그 이유를 각각 설명할 수 있다.

어느 경우든 죽이려고 하는 대상을 자신과 같은 인간성을 가진 사람으로 보지 않은 것은 동일했을 것이다. 미미하게 그렇지 않은 경우가 있기는 하지만. 민간인 학살과 같은 중대한 인권침해에서 인간을 동물이나 바퀴벌레로 취급하는 비인간화 테제는 일반적인 현상이다. 상대방을 하찮은 존재로 인식하면 바퀴벌레를 죽이듯 사람을 죽이는 것 역시 별다른 도덕과 윤리가 필요하지 않다. 학살의 명령, 이념의 깃발 아래 숨어 있는 인간성의 어두운 그림자이다.

지난 일을 돌아보는 현재는 '역사의 끝'에 서 있는 형국이다. 과거는 우리의 등 뒤를 돌아보는 것이 아니라 우리가 겪은 일을 앞에서 마주하는 것이다. 무슨 일이 있었던 걸까. 어디서부터 시작된 것일까. 전쟁을 겪은 사람들과 후대 사람들에게 남은 것은 무엇일까. 병사들은 전장에서 전투를 치루었고 국민들은 또 다른 전쟁을 겪었다. 강화의 사람들 역시 내홍이 심했다.

강화도와 교동도, 석모도, 다른 섬에 터를 잡은 월남민들에게 접경지역인 이곳은 북한과 연계가 항시 가능한 곳이었다. 남한과 북한은 공동체 구성원이라는 국민 또는 인민의 입장에서 분단의 실체를 바라보게 한다. 손을 뻗으면 닿을 듯 가까운 곳에 고향을 둔 그들의 마음은 서로 다른 체제와 사상을 넘어선다.

월남민의 정체성은 한동안 38도선 이북에서 겪은 것을 토대로 했으나, 남한과 북한의 정치권력이 생존을 위협하는 상황을 받아들이는 데는 오랜 시간이 걸리지 않았다. 전쟁은 이 모든 걸 순식간에 바꾸어 놓았다. 계급과 이념에 기대어, 전세가 바뀔 때마다 정치권력과 그 대행자들 역시 달라졌다. 이 경험은 통치의 대상이 되었던 강화군민들에게 이웃 사이의 문제였다. 터를 잡고 일상을 살아가는 사람들 사이의 관계가 이데올로기와 죽음으로 뒤덮였다.

우연히 다가온 강영뫼 사건은 앞날을 돌아보게 한다. 이 시대에 남은 것은 무엇일까, 아무것도 남지 않을 수 있다. 누군가에게는 기억으로 또 다른 누군가에게는 푸석푸석 손에 잡히는 종이로 남는다. 언제 잊혀지거나 사라져도 두려워할 일은 아니다. 시간은 여전히 돌아올 것이다. 이 시대로 돌아오는 것은 아니지만 언제고 누군가에게로 다시 찾아가게 될 것이다. 그냥 무심한 채로 말이다.

이 책은 강화도에서 벌어진 사람들의 죽음에 관한 이야기이다. 숫자로 표기하는 시간이 우리 머릿속에 얼마의 부피와 무게를 가진 실체로 다가올까. 73인과 사건이 일어난 1950년 9월, 순의비 제막식과 첫 위령제가 있은 1966년 12월, 비가 현재 위치로 옮겨진 1981년 6월, 그리고 2022년 11월을 동시에 인식하자. 이 시공간에는 강화의 사람들, 북으로 간 사람들, 남으로 온 사람들의 삶과 터전이 들어있다. 이 땅에는 지역과 사건은 다르지만 이런 종류의 기가 막힌 사연들이 빽빽하다.

책을 쓰면서 1951년 4월경에 촬영한 필름을 보았다. 강화에 기지를 두고 개성과 개풍, 황해도 지방에서 활동한 유격부대의 영상이다. 영상에 나온 사람들을 보고 반성하였다. 어떤 이념을 위해서가 아니다. 남한과 북한 어느 편을 말하는 것도 아니다. 10대 소년부터 한국 군인, 장교와 사병, 미군 장교, 포를 쏘는 장면, 논둑에서 경비를 선 청년, 지프차 위에 지도를 펴놓고 작전 회의하는 군인들, 목선을 젓는 뱃사공, 머리 위에 짐을 올린 여인, 아무것도 모른 척 포구에서 놀고 있는 어린아이의 일상까지.

학문을 위해 사실을 간추린 것은 아닌지, 글을 쓰기 위해 인물들의 행적을 요약한 것은 아닌지, 분석을 위해 한쪽 면에만 비춘 빛을 보지는 않았는지, 그늘진 어느 한 곳만 바라본 것은 아닌지 의구심이 들었다. 글은 이 자체로 추상이다. 세계를 표현할 뿐 성질이나 질감, 느낌을 전달하는 것은 한계가 있다. 어떤 삶을 살았든 책에 실명으로 등장하는 분들에게 양해와 송구한 마음을 전한다.

끝맺음에 감사를 덧붙인다. 이병년의 손자 이희석은 1938년 일본 제국주의 지배가 강화될 때 강화군 하점면 창후리에서 태어났다. 1964년 7월 농촌지도소에 근무를 시작한 그는 이전부터 마음에 두었던 교직으로 진로를 바꾸어 교육계에 헌신한다. 자료를 선뜻 보여준 이희석은 자신을 키워준 조부를 부모처럼 생각하며 공개를 결정한다. 그는 추념 행위를 기억하고 싶은 마음과 기념사업이 재개되기를 희망하고 있다.

자료를 알기까지 인천문화재단 인천역사문화센터의 『6.25 한국전쟁 구술채록 연구』에서 이희석의 구술을 채록한 전 김포양곡고등학교 이경수 선생님의 노력이 컸다. 문헌을 찾고 연구할 수 있게 다리를 놓은 정학수 선생님과 송지현 담당자에게 고마움을 전한다. 문건을 해제하고 실무를 깔끔하게 진행하는데 놀라운 솜씨를 발휘했다. 나는 글을 마디마디 붙이고 한 줄 두 줄 이었을 뿐이다. 문장 하나하나 사진 한 장까지 꼼꼼히 챙긴 글누림출판사 이태곤 편집이사와 안혜진 팀장, 편집진에게 감사드린다.

민간인 학살을 연구하는 것은 사람들의 이야기를 찾고 싶었기 때문이다. 총칼 앞에 무너진 이웃들의 삶을 복원하길 원했다. 좌익과 우익이라는 말, 진보와 보수라는 경계선으로 가늠할 수 없는 인간성을 알고 싶었다. 진리에 가까이 다가가고 싶은 욕망이라도 상관없다. 무엇보다 삶의 근원에 다가서는 것이 중요했다. 다르게 표현하면, 이것은 권력을 비판하는 것이고 정치를 바로잡는 것이라고 하겠다.

북한을 동시에 연구한 것은 이 땅에서 서로의 존재를 피할 수 없고, 전쟁이 남북한에 미친 영향은 비슷하면서 다를 것이라는 가설이 있었기 때문이다. 지금 남한과 북한은 서로에게 매우 나쁜 존재가 되어 있다. 책을 마무리하는 이때, 남한은 미국과 전쟁 훈련 중이다. 북한은 며칠째 미사일을 계속 쏘고 있다. 누구랄 것도 없이 무엇인가 잘못되었다.

지금과 같은 상태라면, 누구라도 북한 편에 서서 또 누구라도 남한 편에 서서 한국전쟁 때의 일을 되풀이할 것이다. 골짜기와 산기슭이 아니더라도 도심 한복판에 여기저기 강영뫼가 생길 것이다. 분단은 하나의 현상을 지나 돌이킬 수 없는 체제로 변해왔다. 상대방을 향한 완고함은 더욱 깊어만 간다.

올해 3월 봄 자락이 한창일 때 현장을 다녀왔다. 학살이 벌어진 장소를 찾아가는 산 중턱의 길 양옆으로 노란 생강나무꽃이 활짝 피었다. 망울이 맺혀있는 봉우리와 기지개를 금방 펴듯 벌어진 잎이 어찌나 아름다운지, 순간 죽음의 장소를 찾아가는 시공간이 맞는지 착각이 들었다.

아침에 낱말 하나를 쓰고 저녁에 다시 지우는 것이 전혀 이상하지 않은 게 글쓰기이다. 그동안 해온 연구에 비하면 턱없이 부족함이 가득한 책이다. 여태까지 나는 우리나라 군경이 저지른 민간인 학살을 다루었다. 이 책은 중대한 인권침해 사건에 대한 보편성을 심어주었다. 다른 사건을 같이 보거나 같은 사건을 다르게 볼 수 있게 되었다. 먼 길을 돌아온 듯한데 이전 그 자리는 아니다. 때로 자연은 무심하고 세상도 무심하다. 강화도에서 세계를 보는 창(窓) 하나를 마련한 것으로 아쉬움을 달랜다.

2022년 11월

한성훈

주석

1장 | 강영뫼

1 강화문화원, 『江都의 脈』, 강화: 강화문화원, 1999, 248쪽.

2 사건이 일어난 현장을 가리키는 지명을 밝혀야겠다. 강화지역을 다룬 각종 기록에는 이곳을 강영뫼, 강영메, 강녕뫼, 강령뫼라고 여러 가지로 표기하고 있다. 사건을 이야기할 때는 '중외산 사건'이라고 부르기도 한다. 이 책에서는 강화사에 근거해 강영뫼로 표기하고, 직접 인용하는 문구나 기록의 맥락을 따르는 경우에 부득이하게 원자료에 표시한 그대로 두었다.

3 강화사편찬위원회, 『강화사』, 강화: 강화문화원, 1988, 694쪽.

4 김재소의 생년은 명확하지 않다. 1972년에 작고한 그는 일본 복정현립공업학교(고등학교)에서 수학하였다. 민주공화당 경기 제12지역 당위원회 위원장, 중앙상임위원, 경기지역 당위원회 위원장(1967년), 심도직물공업(주) 사장, 한국견직물수출조합 이사장, 고려인삼흥업회사 부사장, 강화인삼조합장, 강화군체육회 회장, 민주공화당 경기도지부 위원장, 민주공화당 경기도 제13지구당 위원장, 이화여자대학교 육성회장, 제7대 국회의원(경기도 김포강화)을 역임했다. 한국사데이터베이스, 한국근현대인물자료, http://db.history.go.kr/item/level.do?itemId=im.

5 강화문화원, 『江華人物史』, 강화: 강화문화원, 2000, 131쪽. 1967년 김재소는 국가 경제에 이바지한 공로자로서 대통령 포장을 받았으며, 지역사회 극빈자를 위해 매년 쌀 510가마니를 나누어주었다. 사재를 들여 하점면 망월리에 상수로를 매설하였고 강화읍 국화리에 다리 3개소 설치, 불은면에 제방공사, 다른 면에는 전기가설공사를 벌여 지역 개발에 헌신하였다.

6 박현정, 「1950-1960년대 강화 여성의 삶과 노동경험: 강화지역 직물생산노동자의 구술생애사를 중심으로」, 『구술사연구』, 제11권 1호, 2020, 89~130

쪽. 이 글에 따르면, 강화인조를 생산한 노동자들은 한국전쟁 때 남쪽으로 온 피난민과 남편을 잃은 젊은 여성, 학업을 계속할 수 없었던 가난한 집 사람들이 대부분이었다. 직물공장에 근무한 여성들은 저임금 장시간 노동과 열악한 작업환경으로 산업재해에 시달렸다.

7 한상욱, 「60년대 강화 직물노조사건과 가톨릭 노동청년회(JOC)」, 『인천학연구』, 제23호, 2015, 127~173쪽. 1960년대 산업화가 이루어지는 때 반공주의에 기초해 노동자에 대한 통제가 이루어졌다. 강화지역은 농촌사회의 보수적인 유교에 기반해 있었는데, 직물 노동자의 계급 형성은 아직 맹아 수준에 머물렀다. 강화직물 노조는 가톨릭 노동청년회가 주도해 만들었고 직물 노동자와 가톨릭교회가 연대하여 노동운동의 돌파구를 마련하였다.

8 인천교구사 편찬위원회 편, 『천주교 인천교구사』, 인천: 나길모, 1991.

9 전미카엘(미국명 마이클 브랜스필스, 1929~1989) 신부는 밀러 맥주 창업자의 외손자로서 한국에 파견된 메리놀외방전교회 선교 사제이다. 1959년 사제품을 받은 후 한국에 선교사로 파견된 신부는 30여 년 동안 청년과 노동자들의 벗으로 살았다. 1974년부터 1983년까지 가톨릭 노동청년회 전국지도신부로 일했고, 인천 연안부두본당 주임으로 사목하던 중 1989년 11월 14일 선종했다. 『평화신문』, 2009. 11. 19; 『가톨릭신문』, 2009. 11. 22.

10 인천민주화운동사편찬위원회 편, 『인천민주화운동사』, 서울: 선인, 2019. 이 책의 연표에 일자별 내용이 기록되어 있다.

11 법무부장관, 「검찰사무보고에 관한 건」 1951. 8. 20, 진실화해위원회, 『강화(강화도·석모도·주문도) 지역 민간인희생사건 진실규명결정서』, 2008. 6. 24, 4쪽.

12 "The Ganghwa-island Lynch case will begin soon the docket of the Taegu Public Court presided by judge Cho Chang Hi. The accused are being prosecuted on the charges of forming a private party and shooting about 200 peoples to death on the island of Ganghwa over a period of several months" NARA, RG319, 「JOINT WEEKA 주간합동분석보고서2」, 1951. 8. 21, 진실화해위원회, 『강화(강화도·석모도·주문도) 지역 민간인희생사건 진실규명결정서』, 2008. 6. 24, 4쪽 재인용.

13 을지병단은 강화자치유격대와 홍현치안대, 평산치안대, 연백치안대, 해병

특공대 등 우익치안대들로 구성되었다. 대구경북지방병무청, 「한국전쟁기 8240부대 연표와 8240부대원 명단」, 1961. 신문에는 이송된 날짜와 이송 기관이 사실과 다르게 실렸다. 『동아일보』, 1952. 1. 6; 『조선일보』, 1952. 1. 5; 진실화해위원회, 『강화(강화도·석모도·주문도) 지역 민간인희생사건 진실규명 결정서』, 2008. 6. 24, 4쪽 재인용.

14 1952년 4월 30일 피고인들에게 징역 2년에 집행유예 3년 또는 무죄가 선고되었다. 서울지검 인천지청, 「형사사건부 제3-1권 권행번호 1862」(1951); 서울지방법원 인천지원, 「형공 제660호 형제 1862호 판결문」(1951); 「참고인 이계용 진술조서」(2007.7.12.); 서울지검 인천지청, 「형사사건부 제3-1권 권행번호 1320」(1951), 이상 진실화해위원회, 강화(강화도·석모도·주문도) 지역 민간인희생 사건 진실규명 결정서, 2008. 6. 24, 4쪽 재인용.

15 강화향토방위특공대에 관한 자세한 내용은 다음을 참고한다. 진실화해위원회, 『강화(강화도·석모도·주문도) 지역 민간인희생사건 진실규명결정서』, 2008. 6. 24, 83~87쪽.

16 이돈해(1916. 6. 25~1994. 7. 26) 경기도 강화군(현 인천광역시 강화군)에서 태어나 휘문고등보통학교와 경성사범학교 연습과, 국학대학 국문학과를 졸업하였다. 강화여자중학교 교장, 강화여자고등학교 교장, 강화중학교 교장, 강화교육구 교육감, 한영중학교 교장, 한영고등학교 교장을 역임했다. 1963년 제6대 국회의원 선거에서 민주공화당 후보로 경기도 김포군-강화군 선거구에 출마해 당선되었다. 민주공화당 중앙상임위원, 민주공화당 원내부총무, 대한민국 국회 문교공보위원장을 지냈다.

17 이병년의 기록에는 홍 장관으로 나왔으나 확인한 바로 당시 공보부 장관은 홍종철이다.

18 참석자 중에서 내빈의 성명은 서류철과 순의비 제막식, 위령 행사를 찍은 사진에서 확인한 것이다.

2장 | 뒤바뀐 세상

1 강화문화원, 『江都의 脈』, 강화: 강화문화원, 1999, 40쪽.

2 강화사편찬위원회, 『강화사』, 강화: 강화문화원, 1988, 669쪽.

3 『자유신문』, 1947. 1. 21.

4 『자유신문』, 1947. 1. 19.

5 강화사편찬위원회, 『강화사』, 강화: 강화문화원, 1988, 670쪽.

6 강화사편찬위원회, 『강화사』, 강화: 강화문화원, 1988, 670쪽.

7 강화사편찬위원회, 『강화사』, 강화: 강화문화원, 1988, 306쪽.

8 국민보도연맹 조직과 활동, 전쟁 때 인민군의 협조 여부와 보도연맹원 학살에 대한 자세한 내용은 다음 책을 참고한다. 한성훈, 『가면권력: 한국전쟁과 학살』, 서울: 후마니타스, 2014, 44~85쪽.

9 이○○의 구술내용은 다음 자료에서 인용한다. 인천문화재단 인천역사문화센터, 「이○○ 구술보고서」, 『6.25 한국전쟁 구술채록 연구』, 인천광역시 강화군 유림회관 회의실, 2019. 10. 29.

10 이희석의 구술내용은 다음 자료에서 인용한다. 인천문화재단 인천역사문화센터, 「이희석 구술보고서」, 『6.25 한국전쟁 구술채록 연구』, 인천광역시 강화군 강화읍 향교길 58(강화향교), 2019. 11. 5.

11 김○○의 구술내용은 다음 자료에서 인용한다. 인천문화재단 인천역사문화센터, 「김○○ 구술보고서」, 『6.25 한국전쟁 구술채록 연구』, 인천광역시 강화군 강화읍 남문로7(강화읍 찻집), 2019. 11. 21. 김○○의 생애에 대해서는 자서전을 참조한다. 김○○, 『애국심은 애향심으로부터 강화를 역사와 문화의 보고로』, 인천: 디자인센터 산, 2019.

12 지○○의 구술내용은 다음 자료에서 인용한다. 인천문화재단 인천역사문화센터, 「지○○ 구술보고서」, 『6.25 한국전쟁 구술채록 연구』, 인천광역시 강화군 교동면 대룡안길54번길 49-1 교동이발관, 2019. 11. 7. 그의 실제 출생은 1939년이다.

13 노○○ 구술내용은 다음 자료에서 인용한다. 인천문화재단 인천역사문화센터, 「노○○ 구술보고서」, 『6.25 한국전쟁 구술채록 연구』, 인천광역시 강화군 강화읍 강화대로 562-12, 2019. 11. 12.

14 인천문화재단 인천역사문화센터, 「지○○ 구술보고서」, 『6.25 한국전쟁 구술채록 연구』, 인천광역시 강화군 교동면 대룡안길54번길 49-1 교동이발관,

2019. 11. 7.

15 이병년이 일제 강점기에 군수를 역임한 것은 민족문제연구소가 발행한 『친일인명사전』에 등재되어 있다. 민족문제연구소 친일인명사전편찬위원회 편, 『친일인명사전』, 서울: 민족문제연구소, 2009.

16 강화문화원, 『江華人物史』, 강화: 강화문화원, 2000, 404~405쪽.

17 인천문화재단 인천역사문화센터, 「이희석 구술보고서」, 『6.25 한국전쟁 구술채록 연구』, 인천광역시 강화군 강화읍 향교길 58(강화향교), 2019. 11. 5.

18 강화사편찬위원회, 『강화사』, 강화: 강화문화원, 1988, 313쪽.

19 곽해용 증언, 1966. 4. 2, 제30사단, 국방부 군사편찬연구소, 『6.25전쟁 참전자 증언록1: 북한의 남침과 서전기』, 서울: 군사편찬연구소, 2003, 558~559쪽.

20 김상학 증언, 1977. 8. 30, 서울시 용산구 대한통운 용산지점, 국방부 군사편찬연구소, 『6.25전쟁 참전자 증언록1: 북한의 남침과 서전기』, 서울: 군사편찬연구소, 2003, 710~711쪽.

21 손영을 증언, 1967. 2. 23; 1977. 5. 13, 서울시 성북동 삼선동 자택, 국방부 군사편찬연구소, 『6.25전쟁 참전자 증언록1: 북한의 남침과 서전기』, 서울: 군사편찬연구소, 2003, 562~563쪽.

22 NARA, SA2009 Box797 Item #108, 조선인민군전선사령부 문화훈련국, 『문헌집』, 1950. 7, 「전체 조선인민들에게 호소한 조선민주주의 인민공화국 내각 수상 김일성 장군의 방송연설」, 평양중앙방송, 1950. 6. 26; 한성훈, 『전쟁과 인민: 북한 사회주의 체제의 성립과 인민의 탄생』, 파주: 돌베개, 2012, 71~72쪽 재인용.

23 김일성, 「조국의 촌토를 피로써 사수하자」, 1950. 10. 11, 『김일성선집 3』, 평양: 조선로동당출판사, 1954, 106쪽.

24 사회과학출판사 편, 『조선사회과학학술집 439』, 평양: 사회과학출판사, 2013, 240쪽.

25 인천문화재단 인천역사문화센터, 「이○○ 구술보고서」, 『6.25 한국전쟁 구술채록 연구』, 인천광역시 강화군 유림회관 회의실, 2019. 10. 29.

26 이 문서들은 NARA에서 RG(Record Rroup) 242에 분류되어 있다. 노획문서

는 미군이 인천상륙작전 이후 수집한 북한 관련 자료인데, 특히 38도선 이북 지역을 점령해 수집한 많은 양의 자료를 동경으로 옮겼다가 후일 미국 본토로 보낸 자료이다. 미군이 노획한 북한 문서 일부는 국사편찬위원회가 『북한관계사료집』으로 발간한 적이 있으며, 국립중앙도서관은 미국 NARA에서 전자문서 형태로 수집하였다.

27 문서수집반 인원이 조금 다르게 연구된 결과가 있다. 정용욱, 「한국전쟁시 미군 방첩대 조직 및 운용」, 군사편찬연구소, 『군사사연구총서』 제1집, 서울: 군사편찬연구소, 2001, 66~67쪽. 첩보를 다루는 방첩대는 미 제2사단 제2방첩부대 요원과 미8군 제308방첩부대 인원으로 구성되었으며 총 22명이었다.

28 미국 국립문서기록관리청에서 보관하고 있는 노획문서에 대해서는 다음 책을 참조한다. 방선주선생님저작집간행위원회, 『미국 국립문서보관소의 한국현대사자료』, 서울: 선인, 2018.

29 백선엽, 『군과 나』, 서울: 대륙연구소 출판부, 1989, 45쪽. 노획문서는 대략 다음과 같이 분류할 수 있다. 1. 북한이 해방 이후 생산한 기관자료 (로동당 관련자료, 정부발행 문건, 북한주재 해외 기관자료 등) 2. 전쟁 중 남한 점령기간 동안 시행한 각종 자료 (인민위원회, 토지개혁 등) 3) 전쟁 전후 군부대 관련자료(군사작전, 전투명령·지시, 병사보고 등) 4. 개인수기장, 학습장, 비망록(memorandum) 군무자 개인 학습 기록, 메모장 5. 신문·잡지류·화보(민주신문, 전진, 조선녀성, 인민, 근로자, 정로 등). 이 문서는 1977년 2월 정보공개법 시행에 따라 일반에 공개되어 NARA에서 열람이 가능하다.

30 구체적인 소속 부대원은 미 제2사단 38연대 K중대, 제72전차대대 C중대, 제82고사포대대 분견대, 공병폭파조, 방첩대로 구성하였다. 미군이 운용한 특수부대 중 하나로서, 인디언헤드 부대의 작전기간은 1950년 10월 16일부터 10월 22일까지였다. 국방부 군사편찬연구소, 『한미군사관계사(1871~2002)』, 서울: 군사편찬연구소, 2002, 479~480쪽.

31 NARA, RG242 SA2009 Box7 Item #80, 「공작필기」.

32 강화도 서도면 공작필기, 1950. 7~9. 군사편찬연구소 SN 1351; 국방부 군사편찬연구소, 『한국전쟁의 유격전사』, 서울: 군사편찬연구소, 2003, 31쪽.

33 NARA, RG242 SA2010 Box893 Item #33, 정치보위부, 「정치보위사업

지도서」.

34 NARA, RG242 SA2011 Box1082 Item #9-39, 인천시 정치보위부, 「즉결처분자」, 1950. 8. 1; Item#121, 동면분주소, 「극비문서집」, 1950년.

35 북한에서 인민을 구분하는 3계층 64개 부류와 성분사회에 관한 자세한 내용은 다음 책을 참고한다. 한성훈, 『인민의 얼굴: 북한 사람들의 마음과 삶』, 파주: 돌베개, 2019, 79~81쪽; 81~89쪽.

36 NARA, RG242 SA2010 Box874-2 Item #112, 내무성 후방복구연대 문화부, 「3개월간 행정정치교양사업 문건철」.

37 최중극, 『위대한 조국해방 전쟁과 전시 경제』, 평양: 사회과학출판사, 1992, 248~249쪽.

38 이○○의 구술내용은 다음 자료에서 인용한다. 인천문화재단 인천역사문화센터, 「이○○ 구술보고서」, 『6.25 한국전쟁 구술채록 연구』, 인천광역시 강화군 유림회관 회의실, 2019. 10. 29.

39 국방군사연구소 편, 『한국전쟁 (상)』, 서울: 국방군사연구소, 1995, 163쪽. 주한미국대사관이 국무부에 보고한 자료에 따르면, 인민군이 서울의 형무소 수감자들을 석방한 후 비어있던 형무소에 체포한 남한 측 인사들을 수감했다. 9월 17일경 서대문형무소에는 9천 명에서 1만 2천 명이 있었고, 마포형무소에는 1,200~1,400명이 수감되어 있는 것으로 보고했다. 유엔군이 서울을 수복하였을 때 두 형무소는 비어있었고 수감자 중 일부는 이북으로 이송되었고 또 다른 일부는 학살된 것으로 추정한다. 국사편찬위원회 편, 「북한 측의 민간인 학살과 납북」," 『남북한관계사료집 12』, 과천: 국사편찬위원회, 1995, 39~48쪽.

40 임방규, 『(비전향 장기수) 임방규 자서전』 상, 서울: 백산서당, 2019, 123~124쪽.

41 인천문화재단 인천역사문화센터, 「김○○ 구술보고서」, 『6.25 한국전쟁 구술채록 연구』, 인천광역시 강화군 강화읍 남문로7(강화읍 찻집), 2019. 11. 21.

42 지○○의 구술내용은 다음 자료에서 인용한다. 인천문화재단 인천역사문화센터, 「지○○ 구술보고서」, 『6.25 한국전쟁 구술채록 연구』, 인천광역시

강화군 교동면 대룡안길54번길 49-1 교동이발관, 2019. 11. 7.

43 NARA, RG242 SA2009 Item #21, 군사위원회 동원국, 「실무요강」.

44 인천문화재단 인천역사문화센터, 「김○○ 구술보고서」, 『6.25 한국전쟁 구술채록 연구』, 인천광역시 강화군 강화읍 남문로7(강화읍 찻집), 2019. 11. 21.

45 NARA, RG242 SA2009 Box7 Item # 80, 「공작필기」.

46 강화사편찬위원회, 『강화사』, 강화: 강화문화원, 1988, 316쪽.

47 페렌바하 지음, 안동림 역, 『한국전쟁』, 서울: 현암사, 1976, 172쪽; 김행복, 「북한군의 양민학살에 관한 연구」, 국방부 군사편찬연구소, 『한국전쟁사의 새로운 연구 2』, 서울: 군사편찬연구소, 2002, 310쪽 재인용.

48 NARA, RG242 SA2009 Box7 Item #80, 제3보련 참모부, 「제3보련 인천항 방어전투문건」.

49 NARA, RG242 SA2010 Item #7, 정치보위부, 「정치보위사업지도서」.

50 NARA, RG242 SA2011 Box1082 Item #9-39, 인천시 정치보위부, 「즉결처분자」, 1950. 8. 1.

51 NARA, RG242 SA2010 Box893 Item #33, 정치보위부, 「정치보위사업지도서」.

52 사례를 보면 1950년 7월 중순경 경기도 포천군 내무서원들은 경찰관 이해옥을 거주지에서 납치했으며, 이인섭은 신북면 면장으로 재직한 것이 소위 '반동분자'가 되어 내무서로 연행된 후 납북되었다. 한국전쟁납북사건자료원 편, 『한국전쟁납북사건사료집 3』, 서울: 한국전쟁납북사건자료원, 2014, 172~191쪽.

53 배경식, 「남한지역에서 북한의 전시동원」, 국방부 군사편찬연구소, 『한국전쟁사의 새로운 연구 2』, 서울: 군사편찬연구소, 2002, 252~292쪽.

54 대한민국 공보처, 『6.25事變 被拉致者名簿 2』, 釜山: 大韓民國政府, 1952.

55 6.25전쟁 납북피해진상규명및납북피해자명예회복위원회, 「납북자 결정 통지서」, 2011. 12. 13.

56 인천문화재단 인천역사문화센터, 「이희석 구술보고서」, 『6.25 한국전쟁 구

술채록 연구』, 인천광역시 강화군 강화읍 향교길 58(강화향교), 2019. 11. 5.

57 인천문화재단 인천역사문화센터, 「이희석 구술보고서」, 『6.25 한국전쟁 구술채록 연구』, 인천광역시 강화군 강화읍 향교길 58(강화향교), 2019. 11. 5.

58 김일성, 「남조선에서 인테리들을 데려올 데 대하여: 남조선에 파견되는 일군들과 한 담화」, 1946. 7. 31, 『김일성전집 4』, 평양: 조선로동당출판사, 1992, 66~69쪽.

59 NARA, RG242 SA2009 Item #2, 조선민주주의인민공화국 문화선전성, 「강사 선전원에게 주는 참고자료-공화국 남반부 로동법령 실시에 제하여」.

60 이태호 저, 신경완 증언, 『압록강변의 겨울: 납북 요인들의 삶과 통일의 한』, 서울: 다섯수레, 1991, 22쪽.

61 군사위원회에 대해서는 다음을 참고한다. NARA, SA2009 Box797 Item #108, 조선인민군전선사령부 문화훈련국, 『문헌집』, 1950. 7, 조선민주주의 인민공화국 최고인민회의 상임위원회(위원장 김두봉), 조선민주주의 인민공화국 최고인민회의 상임위원회의 정령, 「군사위원회의 조직에 관하여」, 평양시, 1950. 6. 26, 3~4쪽; 한성훈, 『전쟁과 인민: 북한 사회주의 체제의 성립과 인민의 탄생』, 파주: 돌베개, 2012, 71쪽 재인용.

62 이태호 저, 신경완 증언, 『압록강변의 겨울: 납북 요인들의 삶과 통일의 한』, 서울: 다섯수레, 1991, 23~24쪽.

63 "회개한 자수자 포섭", 『조선인민보』, 1950. 7. 2.

64 "소위 국회의원은 20일까지 자수를 요망," 『로동신문』, 1950. 7. 19.

65 심지연, 『역사는 남북을 묻지 않는다: 격랑의 현대사를 온몸으로 살아온 노촌 이구영 선생의 팔십 년 이야기』, 서울: 소나무, 2001, 187~188쪽.

66 NARA, RG242 Item #95, 「선동원 수첩」, 1951년 5호.

67 국사편찬위원회 편, 「문화부 사업종합보고서」, 『북한관계사료집 10』, 과천: 국사편찬위원회, 1990.

68 국사편찬위원회 편, 「북한에 억류된 민간인과 포로에 대한 남한 정부의 입장」, 『남북한관계사료집 12』, 과천: 국사편찬위원회, 1995, 90~91쪽.

69 국방군사연구소 편, 『한국전쟁자료총서 50: 미국무부 한국국내상황관련 문서』, 서울: 국방군사연구소, 1999, 143쪽.

70 서울·경기지역에서 전출한 노동자들에 대한 심사와 감시에 대해서는 다음 내용을 참조한다. 한성훈, 『전쟁과 인민: 북한 사회주의 체제의 성립과 인민의 탄생』, 파주: 돌베개, 2012, 122~123쪽.

71 NARA, RG242 Item #9-53.1~7, 후남면 분주소, 「범인수사가철」, 1951년도.

3장 | 공동체의 비극

1 강화문화원, 『江華地名誌』, 강화: 강화문화원, 2002, 173쪽; 인천광역시, 『인천의 지명유래』, 인천: 대공사, 1998, 696쪽.

2 강화사편찬위원회, 『강화사』, 강화: 강화문화원, 1988, 324쪽.

3 NARA, RG153, KWC #12682. 한국전쟁 중 강화 포천지역에서 발생한 전쟁범죄사건 조사보고서. 위 문서에서 1954년 3월 1일 경기도 강화경찰서가 조사 보고한 양사면 인화리 사건과 개성 송악산 사건 내용이 포함되어 있다. 자세한 내용은 다음을 참조한다. 진실화해위원회, 「강화지역 적대세력 사건」, 『2008년 하반기 조사보고서 1』, 서울: 진실화해위원회, 2009, 712; 716쪽.

4 강화사편찬위원회, 『강화사』, 강화: 강화문화원, 1988, 325쪽.

5 북한군이 저지른 학살에 대해서는 다음 글에 일부가 정리되어 있다. 김행복, 「북한군의 양민학살에 관한 연구」, 국방부 군사편찬연구소, 『한국전쟁사의 새로운 연구 2』, 서울: 군사편찬연구소, 2002, 324쪽. 이 글에서 강영뫼 사건은 "강화군 양사면 인화리에서 김형수 형제 등 민간인 73명을 북한군 6명, 하수인 수 명이 삽과 곡괭이로 집단 학살"한 것으로 기록하였다.

6 진실화해위원회, 「강화지역 적대세력 사건」, 『2008년 하반기 조사보고서 1』, 서울: 진실화해위원회, 2009, 703쪽.

7 강화사편찬위원회, 『증보 강화사』, 강화: 성지문화, 1994, 347~348쪽.

8 강화사편찬위원회, 『강화사』, 강화: 강화문화원, 1988, 325쪽에 순의자 명단으로 기록된 사망자 중에서 이병년이 작성한 『강영뫼 순의자 칠십삼인(七十三人) 위령행사 추진 관계서류철』과 다르게 표기된 사람들이 있다. 오기로 추정한다.

9 사망자의 성명과 간단한 행적은 다음에서 인용한다. 진실화해위원회, 「강화지역 적대세력 사건」, 『2008년 하반기 조사보고서 1』, 서울: 진실화해위원회, 2009, 700~711쪽.

10 귀한 자료를 제공해주신 강화군 하점초등학교 측에 감사드립니다.

11 진실화해위원회, 「강화지역 적대세력 사건」, 『2008년 하반기 조사보고서 1』, 서울: 진실화해위원회, 2009, 703쪽.

12 강화사편찬위원회, 『강화사』, 강화: 강화문화원, 1988, 334쪽.

13 진실화해위원회, 「강화지역 적대세력 사건」, 『2008년 하반기 조사보고서 1』, 서울: 진실화해위원회, 2009, 703; 705쪽.

14 진실화해위원회, 『강화 적대세력 사건 진실규명 결정서』, 서울: 진실화해위원회, 2008. 12. 20.

15 강화사편찬위원회, 『강화사』, 강화: 강화문화원, 1988, 324쪽.

16 진실화해위원회, 「강화지역 적대세력 사건」, 『2008년 하반기 조사보고서 1』, 서울: 진실화해위원회, 2009, 719쪽.

17 이하 위령제와 강영뫼 사건에 대한 내용은 다음 기사에서 인용한다. 『국제승공보』, 1973. 12. 20.

18 국제승공연합의 후신에 해당하는 통일교 국제NGO 조직이 천주평화연합(天宙平和聯合, Universal Peace Federation)이다. 이 조직은 지구촌 분쟁 종식과 평화세계 실현이라는 기치 아래 문선명·한학자총재에 의해 2005년 창설되었다. 미국 뉴욕에 본부를 둔 천주평화연합(UPF)은 UN 경제사회이사회 '포괄적 협의 지위'를 가진 글로벌 NGO(비정부기구)로서 전 세계 194개국에 지부를 두고 있으며, 한국에서는 전국 19개 광역시도지회와 232개 시군구에 지부를 두고 활동 중이다. 회원은 정치, 경제, 종교, 사회, 문화, 예술, 언론, 학술 등 각계각층의 지도자들로서 '평화대사(Ambassadors for Peace)'라는 이름으로 전 세계 120만여 명, 국내 5만여 명이 활동하고 있다. https://upf.or.kr/

19 강화사편찬위원회, 『강화사』, 강화: 강화문화원, 1988, 697쪽.

20 비인간화 테제에 대해서는 다음 책을 참고한다. 한성훈, 『가면권력: 한국전쟁과 학살』, 서울: 후마니타스, 2014, 31~33쪽.

21 강화군에서 벌어진 민간인 학살에 대한 피해 시기와 형태, 가해자의 유형, 피해 규모, 피해자에 관한 인구통계 분석에 대해서는 다음 글을 참조한다. 김귀옥, 「한국전쟁기 강화도에서의 대량학살사건과 트라우마: 1950년 10월~1951년 6월을 중심으로」, 『제노사이드연구』 제3권, 2008, 36~57쪽.

22 NARA, RG242 SA2009 Box7 Item #80, 제107보연 참모부, 「상급명령서철」.

23 NARA, RG242 SA2009 Box7 Item #80, 전선지구경비사령관 박훈일, 「상급명령서철」, '전투명령' No 72, 1950. 8. 14, 서울에서.

24 NARA, RG242 SA2009 Box7 Item #80, 전선지구경비사령관 박훈일, '전투명령' No 100, 1950. 8. 27, 서울에서.

25 강화사편찬위원회, 『강화사』, 강화: 강화문화원, 1988, 32쪽.

26 이 유격대의 활동에 대해서는 다음을 참고한다. 진실화해위원회, 『강화(강화도·석모도·주문도) 지역 민간인희생사건 진실규명결정서』, 2008. 6. 24, 83~87쪽.

27 인천문화재단 인천역사문화센터, 「이희석 구술보고서」, 『6.25 한국전쟁 구술채록 연구』, 인천광역시 강화군 강화읍 향교길 58(강화향교), 2019. 11. 5.

28 인천문화재단 인천역사문화센터, 「이○○ 구술보고서」, 『6.25 한국전쟁 구술채록 연구』, 인천광역시 강화군 유림회관 회의실, 2019. 10. 29.

29 인천문화재단 인천역사문화센터, 「노○○ 구술보고서」, 『6.25 한국전쟁 구술채록 연구』, 인천광역시 강화군 강화읍 강화대로 562-12, 2019. 11. 12.

30 인천문화재단 인천역사문화센터, 「노○○ 구술보고서」, 『6.25 한국전쟁 구술채록 연구』, 인천광역시 강화군 강화읍 강화대로 562-12, 2019. 11. 12.

31 NARA, RG242 SA2009 Box7 Item #80 제107보연 참모부, 「상급명령서철」.

32 NARA, RG242 SA2009 Box7 Item #80 제317군부대 참모장 지함익, 「감시지령」, 1950. 7. 31. 인천각에서.

33 NARA, RG242 SA2009 Box7 Item #80, 제107보연 참모부, 「상급명령서철」.

34 NARA, RG242 SA2009 Box7 Item #80, 전선지구경비사령관 박훈일,

'전투명령' No 94, 제107연대장 앞, 1950. 8. 26. 서울에서.

35 NARA, RG242 SA2009 Box7 Item #80, 전선지구경비사령관 박훈일, '전투명령' No 105, 1950. 8. 31. 서울에서.

36 강화문화원, 『江華地名誌』, 강화: 강화문화원, 2002, 184쪽.

37 강화사편찬위원회, 『강화사』, 강화: 강화문화원, 1988, 317쪽.

38 심지연, 『역사는 남북을 묻지 않는다: 격랑의 현대사를 온몸으로 살아온 노촌 이구영 선생의 팔십 년 이야기』, 서울: 소나무, 2001, 192쪽.

39 이하 인민군이 후퇴할 당시의 내용은 다음에서 재인용하고 원자료를 그대로 밝혀둔다. 국방부 전사편찬위원회 편, 『한국전쟁사』 제4권, 서울: 전사편찬위원회, 1971, 754쪽; 한성훈, 『전쟁과 인민: 북한 사회주의 체제의 성립과 인민의 탄생』, 파주: 돌베개, 2012, 285쪽 재인용.

40 김남식, 『남로당연구』, 서울: 돌베개, 1984, 455쪽; 한성훈, 『전쟁과 인민: 북한 사회주의 체제의 성립과 인민의 탄생』, 파주: 돌베개, 2012, 285쪽 재인용.

41 김남식(金南植, 1925~2005)의 본명은 김동만(金東滿)이다. 충청남도 논산군(論山郡)에서 태어났는데 현재 강경시 동홍동에 고향집이 있다. 그의 부친은 일제 강점기 때 사회주의 영향을 받았고, 부친의 영향으로 그는 항일의식이 강했다. 해방 이후 조선공산당에 입당한 후 나중에는 남조선노동당 충남도당에서 활동했다. 전쟁 이전에 월북한 상태였는데 전시에 당의 사업을 맡아 논산 지역에서 활동하였다. 퇴각하는 인민군과 함께 다시 이북으로 들어가 1957년 송도정치경제대학을 1회로 졸업했다. 1962년 12월 24일 공작원으로 남파되었는데 이듬해 1월 11일 대전에서 방첩대가 그를 검거하였다. 정창현에 따르면 그는 "남북 현대사 연구의 나침반" 역할을 했다. 정창현, "마지막 순간까지 '통일 열정' 간직, '민족사관적 통일관 수립' 유지로 남겨", 『민족21』, 제58호, 2006. 1. 1.

42 대검찰청 수사국, 『좌익사건실록 11』, 서울: 대검찰청공안부, 1975, 61쪽.

43 인천문화재단 인천역사문화센터, 「이○○ 구술보고서」, 『6.25 한국전쟁 구술채록 연구』, 인천시 강화군 유림회관 회의실, 2019. 10. 29.

44 전○○의 구술내용은 다음 자료에서 인용한다. 인천문화재단 인천역사문

화센터, 「전○○ 구술보고서」, 『6.25 한국전쟁 구술채록 연구』, 인천광역시 강화군 강화읍 중앙시장번영회 사무실, 2019. 11. 1. 전○○의 실제 출생은 1937년 2월 13일이다.

45 이선호, 주정연 지음, 『김동석 이사람!』, 서울: 아트컴, 2005, 279쪽.

46 위 책에는 17연대라고 표기한 곳이 있으나 15연대가 맞는 기록이다.

47 1923년 8월 러시아 연해주에서 태어난 김동석은 하얼빈 대도관 고등학교 졸업 후 1945년 중국 국민당 애국의용대 부대장(조선족 송환 담당) 귀국 후 대동청년단 훈련부 차장을 역임, 1949년 육군사관학교 8기 수료 후 임관했다. 한국전쟁 때 제17연대 3대대 11중대장으로 출발해 1952년 육군첩보부대(HID) 파견대장 36지구대장을 맡았고 1961년 5월 대령으로 예편했다. 가수 진미령(본명 김미령)의 부친이다.

48 이선호, 주정연 지음, 『김동석 이사람!』, 서울: 아트컴, 2005, 282쪽.

49 자세한 내용은 강화도 송해면 하도리에 세워진 육군 제4863부대 강화유격대 전적비에 관련한 약사가 기록되어 있다. 강화유격대 전적비는 순의비가 있는 장소 바로 위에 있는 곳이다.

50 이상의, 「한국전쟁 구술사 연구와 인천」, 인천학연구, 제34권, 2021, 163; 170쪽.

51 강화도에서 조직된 반공청년단체와 전투에 가담해 작전을 벌인 특공대에 대한 자세한 내용은 다음을 참고한다. 강화사편찬위원회, 『강화사』, 강화: 강화문화원, 1988, 326~338쪽.

52 육군본부 군사연구실, 『한국전에서의 유엔군 유격전』, 서울: 육군본부, 1988, 60~61쪽.

53 육군본부 군사연구실, 『한국전에서의 유엔군 유격전』, 서울: 육군본부, 1988, 65쪽.

54 『월간조선』, 2015년 3월.

55 인천문화재단 인천역사문화센터, 「이○○ 구술보고서」, 『6.25 한국전쟁 구술채록 연구』, 인천광역시 강화군 유림회관 회의실, 2019. 10. 29.

56 이들의 신원과 부대 편성에 대해서는 다음을 참고한다. 육군본부 군사연구실, 『한국전에서의 유엔군 유격전』, 서울: 육군본부, 1988, 24~26쪽.

57 육군본부 군사연구실, 『한국전에서의 유엔군 유격전』, 서울: 육군본부, 1988, 24쪽.

58 육군본부 군사연구실, 『한국전에서의 유엔군 유격전』, 서울: 육군본부, 1988, 25쪽.

59 인천문화재단 인천역사문화센터, 「이○○ 구술보고서」, 『6.25 한국전쟁 구술채록 연구』, 인천광역시 강화군 유림회관 회의실, 2019. 10. 29.

60 인천문화재단 인천역사문화센터, 「이○○ 구술보고서」, 『6.25 한국전쟁 구술채록 연구』, 인천광역시 강화군 유림회관 회의실, 2019. 10. 29.

61 진실화해위원회, 『강화 적대세력 사건 진실규명 결정서』, 진실화해위원회, 2008. 12. 20, 85쪽.

62 인천문화재단 인천역사문화센터, 「전○○ 구술보고서」, 『6.25 한국전쟁 구술채록 연구』, 인천광역시 강화군 강화읍 중앙시장번영회 사무실, 2019. 11. 1.

63 인천문화재단 인천역사문화센터, 「전○○ 구술보고서」, 『6.25 한국전쟁 구술채록 연구』, 인천광역시 강화군 강화읍 중앙시장번영회 사무실, 2019. 11. 1.

64 국방부 군사편찬연구소, 『한국전쟁의 유격전사』, 서울: 군사편찬연구소, 2003, 150~151쪽.

65 국방부 군사편찬연구소, 『한국전쟁의 유격전사』, 서울: 군사편찬연구소, 2003, 164~165쪽.

66 인천문화재단 인천역사문화센터, 「지○○ 구술보고서」, 『6.25 한국전쟁 구술채록 연구』, 인천광역시 강화군 교동면 대룡안길54번길 49-1 교동이발관, 2019. 11. 7.

67 국방부 군사편찬연구소, 『한국전쟁의 유격전사』, 서울: 군사편찬연구소, 2003.

68 조성훈, 「전쟁을 전후한 첩보부대의 조직과 활동」, 국방부 군사편찬연구소, 『한국전쟁사의 새로운 연구 2』, 서울: 군사편찬연구소, 2002, 109~112쪽.

69 NARA, RG242 SA2012 Item #25.4, 조선노동당 중앙위원회 제3차 전원회의에서 진술한 김일성 동지의 보고(현정세와 당면 과업)는 북한 최고지도부의

정세 인식과 당 단체들의 활동 등 여러 가지 중요 사안에 대한 평가를 담고 있다. 1년 만에 개최하는 이 전원회의에서 그는 그동안의 전쟁에 대해 총결 보고했다.

70 인천문화재단 인천역사문화센터, 「지○○ 구술보고서」, 『6.25 한국전쟁 구술채록 연구』, 인천광역시 강화군 교동면 대룡안길54번길 49-1 교동이발관, 2019. 11. 7.

71 육군본부 군사연구실, 『한국전에서의 유엔군 유격전』, 서울: 육군본부, 1988, 198쪽.

72 육군본부 군사연구실, 『한국전에서의 유엔군 유격전』, 서울: 육군본부, 1988, 198~200쪽.

73 국방부 군사편찬연구소, 『한국전쟁의 유격전사』, 서울: 군사편찬연구소, 2003, 568~585쪽.

74 인천문화재단 인천역사문화센터, 「이○○ 구술보고서」, 『6.25 한국전쟁 구술채록 연구』, 인천광역시 강화군 유림회관 회의실, 2019. 10. 29. 이○○에 따르면, 15년 전쯤에 장○○이 강화에 찾아왔다. 본인이 면장을 했으니까 수소문해서 연락이 왔고 아리랑 다방에서 만났다.

75 육군본부 군사연구실, 『한국전에서의 유엔군 유격전』, 서울: 육군본부, 1988, 93쪽.

76 유격부대를 표시한 한글 번역본은 울프펙으로 표시했으나 이후 국방부 군사편찬연구소가 공식발간한 책자에는 울팩으로 통일되어 있다.

77 국방부 군사편찬연구소, 『한국전쟁의 유격전사』, 서울: 군사편찬연구소, 2003, 145쪽. 유격부대 작전기지 사령부의 편성과 부대 배치, 예하 부대 편성, 부대 호칭의 변화, 병력 증감, 지휘부 명칭 변경에 대해서는 136~148쪽에 자세히 설명하고 있다.

78 육군본부 군사연구실, 『한국전에서의 유엔군 유격전』, 서울: 육군본부, 1988, 100~101쪽.

79 국방부 군사편찬연구소, 『한국전쟁의 유격전사』, 서울: 군사편찬연구소, 2003, 118; 419쪽.

80 국방부 군사편찬연구소, 『한국전쟁의 유격전사』, 서울: 군사편찬연구소,

2003, 421~422쪽.

81 여기에 대해서는 다음 책에 자세히 소개되어 있다. 국방부 군사편찬연구소, 『한국전쟁의 유격전사』, 서울: 군사편찬연구소, 2003, 114~124쪽.

82 인천문화재단 인천역사문화센터, 「이○○ 구술보고서」, 『6.25 한국전쟁 구술채록 연구』, 인천광역시 강화군 유림회관 회의실, 2019. 10. 29.

83 국방부 전사편차위원회, 『대비정규전사 (1945~1960)』, 서울: 전사편차위원회, 1988, 358쪽.

84 인천문화재단 인천역사문화센터, 「이○○ 구술보고서」, 『6.25 한국전쟁 구술채록 연구』, 인천광역시 강화군 유림회관 회의실, 2019. 10. 29.

85 인천문화재단 인천역사문화센터, 「지○○ 구술보고서」, 『6.25 한국전쟁 구술채록 연구』, 인천광역시 강화군 교동면 대룡안길54번길 49-1 교동이발관, 2019. 11. 7.

참고문헌

단행본

강화문화원, 『江都의 脈』, 강화: 강화문화원, 1999.

강화문화원, 『江華人物史』, 강화: 강화문화원, 2000.

강화문화원, 『江華地名誌』, 강화: 강화문화원, 2002.

강화사편찬위원회, 『강화사』, 강화: 강화문화원, 1988.

강화사편찬위원회, 『증보 강화사』, 강화: 성지문화, 1994.

국방군사연구소 편, 『한국전쟁 (상)』, 서울: 국방군사연구소, 1995.

국방군사연구소 편, 『한국전쟁자료총서 50: 미국무부 한국국내상황관련 문서』, 서울: 국방군사연구소, 1999.

국방부 군사편찬연구소, 『한국전쟁의 유격전사』, 서울: 군사편찬연구소, 2003.

국방부 군사편찬연구소, 『한미군사관계사(1871~2002)』, 서울: 군사편찬연구소, 2002.

국방부 전사편차위원회, 『대비정규전사 (1945~1960)』, 서울: 전사편차위원회, 1988.

국방부 전사편찬위원회 편, 『한국전쟁사』 제4권, 서울: 전사편찬위원회, 1971.

국사편찬위원회 편, 「문화부 사업종합보고서」, 『북한관계사료집 10』, 과천: 국사편찬위원회, 1990.

국사편찬위원회 편, 「북한 측의 민간인 학살과 납북」, 『남북한관계사료집 12』, 과천: 국사편찬위원회, 1995.

국사편찬위원회 편, 「북한에 억류된 민간인과 포로에 대한 남한 정부의 입장」, 『남북한관계사료집 12』, 과천: 국사편찬위원회, 1995.

김남식, 『남로당연구』, 서울: 돌베개, 1984.

김용은, 『애국심은 애향심으로부터 강화를 역사와 문화의 보고로』, 인천: 디자인 센터 산, 2019.

대검찰청 수사국, 『좌익사건실록 11』, 서울: 대검찰청공안부, 1975.

대한민국 공보처, 『6.25事變 被拉致者名簿 2』, 釜山: 大韓民國政府, 1952.

민족문제연구소 친일인명사전편찬위원회 편, 『친일인명사전』, 서울: 민족문제연구소, 2009.

방선주선생님저작집간행위원회, 『미국 국립문서보관소의 한국현대사자료』, 서울: 선인, 2018.

백선엽, 『군과 나』, 서울: 대륙연구소 출판부, 1989.

심지연, 『역사는 남북을 묻지 않는다: 격랑의 현대사를 온몸으로 살아온 노촌 이구영 선생의 팔십 년 이야기』, 서울: 소나무, 2001.

육군본부 군사연구실, 『한국전에서의 유엔군 유격전』, 서울: 육군본부, 1988.

이선호, 주정연 지음, 『김동석 이사람!』, 서울: 아트컴, 2005.

이태호 저, 신경완 증언, 『압록강변의 겨울: 납북 요인들의 삶과 통일의 한』, 서울: 다섯수레, 1991.

인천광역시, 『인천의 지명유래』, 인천: 대공사, 1998.

인천교구사 편찬위원회 편, 『천주교 인천교구사』, 인천: 나길모, 1991.

인천민주화운동사편찬위원회 편, 『인천민주화운동사』, 서울: 선인, 2019.

임방규, 『(비전향 장기수) 임방규 자서전』 상, 서울: 백산서당, 2019.

진실화해위원회, 「강화지역 적대세력 사건」, 『2008년 하반기 조사보고서 1』, 서울: 진실화해위원회, 2009.

진실화해위원회, 『강화(강화도·석모도·주문도) 지역 민간인희생사건 진실규명결정서』, 2008. 6. 24.

페렌바하 지음, 안동림 역, 『한국전쟁』, 서울: 현암사, 1976.

한국전쟁납북사건자료원 편, 『한국전쟁납북사건사료집 3』, 서울: 한국전쟁납북사건자료원, 2014.

한성훈,『가면권력: 한국전쟁과 학살』, 서울: 후마니타스, 2014.

한성훈,『인민의 얼굴: 북한 사람들의 마음과 삶』, 파주: 돌베개, 2019.

한성훈,『전쟁과 인민: 북한 사회주의 체제의 성립과 인민의 탄생』, 파주: 돌베개, 2012.

논문 및 증언 구술자료, 그 외

김귀옥,「한국전쟁기 강화도에서의 대량학살사건과 트라우마: 1950년 10월~1951년 6월을 중심으로」,『제노사이드연구』, 제3권, 2008.

김행복,「북한군의 양민학살에 관한 연구」, 국방부 군사편찬연구소,『한국전쟁사의 새로운 연구 2』, 서울: 군사편찬연구소, 2002.

박현정,「1950-1960년대 강화 여성의 삶과 노동경험: 강화지역 직물생산노동자의 구술생애사를 중심으로」,『구술사연구』, 제11권 1호, 2020.

배경식,「남한지역에서 북한의 전시동원」, 국방부 군사편찬연구소,『한국전쟁사의 새로운 연구 2』, 서울: 군사편찬연구소, 2002.

이상의,「한국전쟁 구술사 연구와 인천」, 인천학연구, 제34권, 2021.

정용욱,「한국전쟁시 미군 방첩대 조직 및 운용」, 군사편찬연구소,『군사사연구총서』 제1집, 서울: 군사편찬연구소, 2001.

조성훈,「전쟁을 전후한 첩보부대의 조직과 활동」, 국방부 군사편찬연구소,『한국전쟁사의 새로운 연구 2』, 서울: 군사편찬연구소, 2002.

한상욱,「60년대 강화 직물노조사건과 가톨릭 노동청년회(JOC)」,『인천학연구』, 제23호, 2015.

곽해용 증언, 1966. 4. 2, 제30사단, 국방부 군사편찬연구소,『6.25전쟁 참전자 증언록1: 북한의 남침과 서전기』, 서울: 군사편찬연구소, 2003.

김상학 증언, 1977. 8. 30, 서울시 용산구 대한통운 용산지점, 국방부 군사편찬연구소,『6.25전쟁 참전자 증언록1: 북한의 남침과 서전기』, 서울: 군사편찬연구소, 2003.

손영을 증언, 1967. 2. 23; 1977. 5. 13, 서울시 성북동 삼선동 자택, 국방부 군사편찬연구소,『6.25전쟁 참전자 증언록1: 북한의 남침과 서전기』, 서울: 군사편찬연구소, 2003.

김○○, 인천문화재단 인천역사문화센터,「김○○ 구술보고서」,『6.25 한국전쟁 구술채록 연구』, 인천광역시 강화군 강화읍 남문로7(강화읍 찻집), 2019. 11. 21.

노○○, 인천문화재단 인천역사문화센터,「노○○ 구술보고서」,『6.25 한국전쟁 구술채록 연구』, 인천광역시 강화군 강화읍 강화대로 562-12, 2019. 11. 12.

이○○, 인천문화재단 인천역사문화센터,「이○○ 구술보고서」,『6.25 한국전쟁 구술채록 연구』, 인천광역시 강화군 유림회관 회의실, 2019. 10. 29.

이희석, 인천문화재단 인천역사문화센터,「이희석 구술보고서」,『6.25 한국전쟁 구술채록 연구』, 인천광역시 강화군 강화읍 향교길 58(강화향교), 2019. 11. 5.

전○○, 인천문화재단 인천역사문화센터,「전○○ 구술보고서」,『6.25 한국전쟁 구술채록 연구』, 인천광역시 강화군 강화읍 중앙시장번영회 사무실, 2019. 11. 1.

지○○, 인천문화재단 인천역사문화센터,「지○○ 구술보고서」,『6.25 한국전쟁 구술채록 연구』, 인천광역시 강화군 교동면 대룡안길54번길 49-1 교동이발관, 2019. 11. 7.

6.25전쟁 납북피해진상규명및납북피해자명예회복위원회,「납북자 결정 통지서」, 2011. 12. 13.

대구경북지방병무청,「한국전쟁기 8240부대 연표와 8240부대원 명단」, 1961.

법무부장관,「검찰사무보고에 관한 건」, 1951. 8. 20.

서울지검 인천지청,「형사사건부 제3-1권 권행번호 1320」, 1951.

서울지검 인천지청,「형사사건부 제3-1권 권행번호 1862」, 1951

서울지방법원 인천지원,「형공 제660호 형제 1862호 판결문」, 1951.

『가톨릭신문』, 2009. 11. 22.

『국제승공보』, 1973. 12. 20.

『동아일보』, 1952. 1. 6.

『민족21』, 제58호, 2006. 1. 1.

『월간조선』, 2015년 3월.

『자유신문』, 1947. 1. 19.

『자유신문』, 1947. 1. 21.

『조선일보』, 1952. 1. 5.

『평화신문』, 2009. 11. 19.

한국사데이터베이스, 한국근현대인물자료,

http://db.history.go.kr/item/level.do?itemId=im.

https://upf.or.kr/

북한 문건 및 노획문서

강화도 서도면 공작필기, 1950. 7~9. 군사편찬연구소 SN 1351.

김일성, 「남조선에서 인테리들을 데려올 데 대하여: 남조선에 파견되는 일군들과 한 담화」, 1946. 7. 31, 『김일성전집 4』, 평양: 조선로동당출판사, 1992.

김일성, 「전체 조선인민들에게 호소한 조선민주주의 인민공화국 내각 수상 김일성 장군의 방송연설」, 평양중앙방송, 1950. 6. 26.

김일성, 「조국의 촌토를 피로써 사수하자」, 1950. 10. 11, 『김일성선집 3』, 평양: 조선로동당출판사, 1954.

사회과학출판사 편, 『조선사회과학학술집 439』, 평양: 사회과학출판사, 2013.

조선민주주의 인민공화국 최고인민회의 상임위원회(위원장 김두봉), 조선민주주의 인민공화국 최고인민회의 상임위원회의 정령, 「군사위원회의 조직에 관하여」, 평양시, 1950. 6. 26.

최중극, 『위대한 조국해방 전쟁과 전시 경제』, 평양: 사회과학출판사, 1992.

NARA, RG153, KWC #12682.

NARA, RG242 Item #95, 「선동원 수첩」, 1951년 5호.

NARA, RG242 Item #9-53.1~7, 후남면 분주소, 「범인수사가철」, 1951년도.

NARA, RG242 SA2009 Box7 Item # 80 제107보연 참모부, 「상급명령서철」.

NARA, RG242 SA2009 Box7 Item # 80 제317군부대 참모장 지함익, 「감시지령」, 1950. 7. 31. 인천각에서.

NARA, RG242 SA2009 Box7 Item #80, 「공작필기」.

NARA, RG242 SA2009 Box7 Item # 80, 전선지구경비사령관 박훈일, '전투명령' No 100, 1950. 8. 27, 서울에서.

NARA, RG242 SA2009 Box7 Item # 80, 전선지구경비사령관 박훈일, '전투명령' No 105, 1950. 8. 31. 서울에서.

NARA, RG242 SA2009 Box7 Item # 80, 전선지구경비사령관 박훈일, '전투명령' No 94, 제107연대장 앞, 1950. 8. 26. 서울에서.

NARA, RG242 SA2009 Box7 Item # 80, 전선지구경비사령관 박훈일, '전투명령' No 72, 1950. 8. 14, 서울에서.

NARA, RG242 SA2009 Box7 Item # 80, 제107보연 참모부, 「상급명령서철」.

NARA, RG242 SA2009 Box7 Item #80, 제3보련 참모부, 「제3보련 인천항방어전투문건」.

NARA, RG242 SA2009 Box797 Item #108, 조선인민군전선사령부 문화훈련국, 『문헌집』, 1950. 7.

NARA, RG242 SA2009 Item #2, 조선민주주의인민공화국 문화선전성, 「강사 선전원에게 주는 참고자료-공화국 남반부 로동법령 실시에 제하여」.

NARA, RG242 SA2009 Item #21, 군사위원회 동원국, 「실무요강」.

NARA, RG242 SA2010 Box874-2 Item #112, 내무성 후방복구연대 문화부, 「3개월간 행정정치교양사업 문건철」.

NARA, RG242 SA2010 Box893 Item #33, 정치보위부, 「정치보위사업지도서」.

NARA, RG242 SA2010 Item #7, 정치보위부, 「정치보위사업지도서」.

NARA, RG242 SA2011 Box1082 Item #9-39, 인천시 정치보위부, 「즉결처분자」, 1950. 8. 1.

NARA, RG242 SA2011 Box1082 Item#121, 동면분주소, 「극비문서집」, 1950년.

NARA, RG242 SA2012 Item #25.4, 조선노동당 중앙위원회 제3차 전원회의에서 진술한 김일성 동지의 보고, 현정세와 당면 과업.

NARA, RG319, 「JOINT WEEKA 주간합동분석보고서2」, 1951. 8. 21.

『로동신문』, 1950. 7. 19.

『조선인민보』, 1950. 7. 2.

찾아보기

ㅈ

ㅊ

ㅍ

ㅎ

한성훈

사회학자. 연세대학교 국학연구원 연구교수로 재직 중이다. 여러 대학에서 강의했으며 연세대학교에서 최우수강사로 선정되어 총장상을 수상하였다. 대통령소속 의문사진상규명위원회와 진실화해를위한과거사정리위원회에서 일했다. 저서로 『전쟁과 인민: 북한 사회주의 체제의 성립과 인민의 탄생』(2012), 『가면권력: 한국전쟁과 학살』(2014), 『학살, 그 이후의 삶과 정치』(2018), 『인민의 얼굴: 북한 사람들의 마음과 삶』(2019), 『이산: 분단과 월남민의 서사』(2020)가 있다. 발표한 글은 「국가폭력과 반공주의: 고문조작간첩 피해자를 중심으로」, 「하미마을의 학살과 베트남의 역사 인식」 외에 여러 편이 있다.

장기적인 사회변동에 주목해 중대한 인권침해(민간인 학살)와 사회운동, 한국전쟁이 남북한 사회에 미친 영향, 북한 인민의 사회상을 밝혀왔다. 평화권과 기후 위기를 주제로 강연하고 '제노사이드와 감정', '북한의 해외동포정책과 이산가족 연구'를 수행하고 있다. 2022년 종로문화재단 청운문학도서관에서 홀로코스트 생존자의 서사문학 읽기 강연을 진행 중이다.

강영뢰의 창(窓)
남북한 사이의 강화와 학살

초판 1쇄 인쇄 2022년 12월 1일
초판 1쇄 발행 2022년 12월 12일

지은이 한성훈
기　획 인천문화재단 인천문화유산센터
펴낸이 최종숙
펴낸곳 글누림출판사

책임편집 이태곤 | **편집** 권분옥 임애정 강윤경
디자인 안혜진 최선주 이경진 | **마케팅** 박태훈 안현진

주소 서울시 서초구 동광로46길 6-6 문창빌딩 2층(우06589)
전화 02-3409-2055(대표), 2058(영업), 2060(편집)
팩스 02-3409-2059 | **전자우편** geulnurim2005@daum.net
홈페이지 www.geulnurim.co.kr
블로그 blog.naver.com/geulnurim
북트레블러 post.naver.com/geulnurim
등록번호 제303-2005-000038호(2005.10.5)

정가는 뒤표지에 있습니다.
ISBN 978-89-6327-709-7 93910